U0929078

阅读即行动

Richard Brautigan

霍克林之妖

一部哥特式西部片

The Moster of Hawkline:

A Gothic Western

[美] 理查德 · 布劳提根 著　　唐珺 译

北京联合出版公司
Beijing United Publishing Co.,Ltd.

此小说献给蒙大拿黑帮。

目录

第一卷　夏威夷

骑马课　3
回到旧金山　6
霍克林小姐　8
魔娃　12
印第安　15
贡普维尔　18
中央县途　22
拂晓风中　24
与寡妇共飧“咖啡”　26
科拉　28

杜绝尘埃 31
双筒望远镜 33
俄勒冈州州长 35
比利 38
杰克·威廉姆斯 41
史密斯妈妈咖啡馆 47
还有史密斯妈妈 49
皮尔最后的爱 52
谷仓中 54
鼓 57
死丘欢迎您 59
有关于人的事物 61
大衣 63
医生 65
桥 67
霍克林庄园 69

第二卷　霍克林小姐

霍克林小姐 74

会晤 78
冰窟 80
一帮黑伞 82
头顿早餐 85

第三卷　霍克林之妖

魔娃之死 89
魔娃的葬礼 93
霍克林之妖 96
再访夏威夷 100
化学质 104
狗 110
威尼斯 112
鹦鹉 114
男管家 116
枕戈待旦 120
冰窟之旅 124
门 126
死亡观退场 128

二号死亡观退场 130
性爱继谈 132
镜像交谈 133
你不回家吗，比尔·贝利，你难道不回家了吗？ 136
霍克林管弦乐团 145
管家的可能性 147
管家的可能性之路 150
惊了 154
管家的结论 156
摩根先生，愿灵安息 158
照印 159
又是魔娃 161
说回怪物 163
落日时分之间 165
以何作数 168
不过晚餐先行，随后才是霍克林之妖 171
清点霍克林之妖 173
肉汁里的霍克林之妖 175

第一卷

夏威夷

骑马课

他们拿着步枪蹲在一片菠萝田里，瞧着一个男人教他的儿子如何骑马。这是 1902 年盛暑的夏威夷。

他们很久都没有讲出半个字了。他们只是蹲在那里，看着那个男人和那个男孩以及那匹马。

“我办不到。”格里尔说。

“这他妈是个混蛋好吧。”卡梅伦说。

“我不能朝一个正在教他孩子骑马的人开枪，”格里尔说，“我不是那种人。”

格里尔和卡梅伦在菠萝田里不太舒服。他们看上去同夏威夷格格不入。他们都穿着牛仔服，这是属于俄勒冈东部的衣服。

格里尔手持他的爱枪：一支 30 - 40 的克拉格步枪[①]，卡梅伦则握着一支 25 - 35 的温彻斯特步枪[②]。格里尔喜欢嘲笑卡梅伦的枪。他总说："明明可以搞支克拉格这样的真东西，为啥你非要使你那支兔子枪呢?"

他们简直要把骑马课盯穿了。

"哈，所以一个人头的一千美金就这么打了水漂，"卡梅伦说，"为了这趟该死的活儿坐那该死的船全都白费劲了。我当时把胆都要吐出来了，结果居然还要重遭一遍罪，甚至除了荷包里的几个子儿，别的什么也带不回去。"

格里尔对此点了点头。

从旧金山到夏威夷的这趟活计是格里尔和卡梅伦这辈子最可怕的经历，甚至比他们在爱达荷

---

① 克拉格-约根森步枪（The Krag-Jørgensen），美军所采用的第一种栓式和无烟火药的步枪。装配 30 - 40 口径步枪弹。——译注。后文中如无特别说明皆为译注。

② 温彻斯特步枪（Winchester Rifle），多为杠杆式步枪。常见于美国旧西部和民用市场。装配 25 - 35 口径步枪弹。

射中一个副警长十次他都不肯死的那回还要可怕。他们最终只好对那位副警长说："求求你死了吧，我们不想在你身上浪费枪子儿了。"于是副警长说："好的，我死吧，但可别再用枪打我了。"

"我们不会再打你了。"卡梅伦说。

"OK，那我死了。"他说。

那男人、那男孩和那马全都站在房子的庭院里，这是一幢椰影婆娑的白色大房子。它就像菠萝田中心的一片光之岛。房子里有钢琴声传来，乐音慵倦地飘浮在暖和的午后。然后一个女人来到前廊。模样恰似一位妻子或者母亲。她身着一条浆过领的白色长裙。"饭好啦！"她嚷嚷着，"快来开饭呀，牛仔们！"

"见了鬼了！"卡梅伦说，"这下百分之百没了，一千美元。按说他早该在路边死透了，要费老大功夫才能给弄回去，搁在前厅里才对，但现在，他却自个儿走进那房子，是去吃午餐。"

"我们赶紧离开这有毒的夏威夷吧。"格里尔说。

回到旧金山

卡梅伦是个数数狂。回旧金山的途中他总共吐了十九次。他爱数他做过的一切事情。多年前，这让第一次见到他的格里尔感到有点不自在，但格里尔现在应该已经习惯了。卡梅伦不得不这么做，否则他估计会疯的。

有时候人们想知道卡梅伦在干什么，然后格里尔会说："他正数着呢。"接着人们会问："他数什么?"格里尔回答："有什么分别吗?"于是他们就会说："噢。"

人们通常就到此为止了，因为——格里尔和卡梅伦独具的那种胸有成竹、游刃有余的自信范儿，会令人发怯。

格里尔和卡梅伦拥有某种魔晕，这使他们通常能够以小博大甚至稳操胜券。

他们看起来既不强硬也不刻薄。他们仿佛是某种从这两个品质当中提炼出来的、逍遥自在的精华。而他俩的表现如同是在和某种别人都看不见的邪乎东西心心相印。

换句话说，这两个人有真本事。别去招惹他们，即便卡梅伦始终在数数，而且还在回旧金山的路上数出了共计一十九次呕吐——那也甭忘了他们以杀人为生。

回去的路上，某次格里尔问道：“多少次了?”

卡梅伦说：“十二。”

“来的时候几次?”

“二十。”

“最后得出来能有几次?”格里尔说。

“差不多扯平。”

霍克林小姐

即便现在，霍克林小姐正在那幢奇冷无比的大黄房子里等着他们……在俄勒冈东部……他们却还在旧金山的唐人街结钱，以作旅费，因为他们杀了一个另外一群中国佬都要他死的中国佬。

他是一个真正的硬汉中国佬，所以那帮人给了他们七十五美金去干掉他。

霍克林小姐光着身子坐在地板上，房间里摆满了乐器，而煤油灯烧得很虚。她坐在一架大键琴①旁边。琴键上有道不同寻常的光线，这道光

① 大键琴（harpsichord），也称拨弦键琴或羽管键琴，出现于14世纪的欧洲古典乐器。

线造成了一条浊影。

郊狼在外头嚎叫。

乐器扭曲的光影在她身上结出了情色的图案，而壁炉里烧着一堆超大的柴火。这火看上去几乎大得不成比例，但它的确有用，因为房子里真的很冷。

一记敲击响在房门上。

霍克林小姐把头转过来。

“谁?”她问。

“晚饭一小会儿就上。”门外传来一个老人的声音，这个男人没有打算进来。他就站在门外。

“谢谢你，摩根先生。”她回答道。

紧接着，洪亮的脚步声踏出大厅，离门越来越远，终于随着另一扇门的关闭消失了。

郊狼离房子很近。它们听起来好像就在前廊上。

“我们给你七十五美元。你去杀。”领头的中国佬说。

那儿还有五六个中国佬坐在黑暗的小货摊里。

这地方弥漫着糟糕的炒菜味儿。

听到七十五美金的价，格里尔和卡梅伦又以那种扭转乾坤的轻松方式笑了起来。

“两百美元。”中国头子面不改色地说。他是个聪明的中国佬。这就是为什么他是当中那个头子。

“两百五十。那人在哪儿?”格里尔说。

“隔壁。”中国头子说。

格里尔和卡梅伦走到隔壁杀掉了他。他们永远不会知道这个中国佬有多么硬汉因为他们没有给他任何机会。这就是他们的风格。你休想让他们在杀人的时候去搞装饰。

就在他们料理那个中国佬的时候，霍克林小姐继续坐在摆满乐器的房间地板上，光着身子等他们。在油灯的大力赞助下，乐器的暗影在俄勒冈东部那座巨大的房子里戏遍了她的身体。

那间房里还有别的东西。它凝视着她，并从她的裸体中尝到趣味。她不知道它在这里。她也不知道她自己光着。如果她知道自己光着，她会很震惊的。她是一位非常得体的年轻女士，除了从父亲那里学来的那些很炫的脏话。

霍克林小姐在想格里尔和卡梅伦，尽管她从未见过或者听说过他们，但她在这儿永远地等着他们，因为他们命中注定要来，因为她，是他们哥特式未来的一部分。

翌日清晨。格里尔和卡梅伦赶上了去往俄勒冈州波特兰的火车。美好的一天。他们很高兴因为他们喜欢骑上火车去波特兰。

“现在几次了?”格里尔问。

“还有八次直通终点，再来六次我们下车。”卡梅伦说。

魔娃

那个印第安女孩找到他们的时候，他们已经嫖了两天了。在波特兰他们差不多总得先嫖上一个礼拜，之后才能静下心来考虑工作的事。

印第安女孩在他们最爱的妓院里发现了他们。她以前从没见过也没听过他们，不过只用一眼，她就知道这两个男的就是霍克林小姐要找的人。

她已经在波特兰待了三个月，只为找到合适的人才。她的名字叫魔娃。她认为自己十五岁。她是无意间走进这间妓院的。实际上她想找的是隔壁街区的一间妓院。

“你要干吗?”格里尔说。一个漂亮的金发妞坐在他的大腿上，看上去差不多十四岁。她光着。

“那是个印第安人吗?”她问，“她怎么进来的?”

“闭嘴。”格里尔说。

卡梅伦本来已经开始干一个深发小女孩了。不过他停下活儿，扭头看着魔娃。

他不知道自己是该继续肏还是看看这个魔娃在搞什么鬼。

魔娃站在那儿一言不发。

小妓女说:“插进去。”

“等会儿。”卡梅伦说。他从性位中挪出分身。他决定好了。

这个印第安女孩摸进口袋并掏出一张相片。这是一个年轻美女的靓照。相片中她一丝不挂，坐在一个摆满乐器的房间地板上。

魔娃把这张相片秀给格里尔。

“这是什么?”格里尔问。

魔娃又走过去把相片秀给卡梅伦。

“有意思。”卡梅伦说。

那两个小妓女不知道发生了什么。她们从没

见过这种事情，即便她们见多识广。深发女孩冷不防地把屄遮住了，因为她尴尬。

而金发女孩沉默地盯着魔娃，蓝眼睛里充斥着怀疑。无论男人什么时候叫她闭嘴，她都会闭嘴的。下海前她曾是个农家女。

魔娃再次把手伸进印第安裙子，并摸出五十张的百元大钞。她拿钱的时候信手拈来，好像一辈子净在干这种事儿似的。

她给了格里尔二十五张票子，然后走过去给了卡梅伦另外二十五张。给完钱，她就站在那儿，不吭声地看着他们。走进这间房以来，她还没有说过一句话。

格里尔坐在那里，大腿上还坐着那只金发鸡。他瞅了瞅这个印第安女孩，然后非常缓慢地点了点头，表示OK。卡梅伦则似笑非笑地躺在那只捂着屄的深发鸡旁边。

印第安

翌日，格里尔和卡梅伦乘火车沿着哥伦比亚河的上游离开波特兰，前往俄勒冈东部的中央县。

他们喜欢自己的座位因为他们喜欢火车旅行。

那个印第安女孩和他们一块。他们花了很多时间打量她，因为她很美。

她高而纤细，有着黑长直的头发。她的五官精美丰满。他们都对她的嘴很感兴趣。当火车沿河向东俄勒冈驶去时，她标致地坐在那儿，凝望着哥伦比亚河。她看见了招她喜欢的东西。

离开波特兰三四个小时以后，格里尔和卡梅伦开始与魔娃交谈。他们好奇这是怎么一回事儿。

自从这孩子走进妓院并开始改变他们的生活，

她甚至还没说足一百句话。这些话中没有一句关乎他们该干些什么，除了得去中央县见一位霍克林小姐，而她会告诉他们拿这五千美金需要做些什么。

“我们为什么要去中央县?”格里尔问。

“你们杀人，不是吗?”魔娃说。她的声音轻柔而准确。他们被她的声音吓了一跳。他们没料到她说这话的时候听起来是这样的。

“偶尔。”格里尔说。

“他们这一路上搞了挺多小麻烦。”卡梅伦说，“我听说过这儿的一些事情。四个男的上周被杀了，本月总共九个。我知道前几天去那边的三个波特兰枪手。他们也是好手。”

“真的好手，”格里尔说，“多半是最牛杀手了，除了我知道的另外两个。除掉这几个男孩应该蛮费劲的。他们去那儿给一个牧牛人干活。你的女老板是哪头的，还是她有什么私事要解决吗?”

“霍克林小姐会告诉你们她想要什么的。”魔娃说。

“就不能给点线索吗？我说。”格里尔微笑着问。

魔娃看着窗外的哥伦比亚河。河上有一条小船。有两个人坐在那条小船上。她搞不清楚这两个人在干吗。其中一个人拿着把雨伞，尽管没有下雨，也并无烈日当头。

格里尔和卡梅伦放弃了搞懂他们究竟得做什么，不过他们对魔娃还是很好奇。他们对她的声音感到震惊因为这个声音听起来不太印第安。她听起来像是一个读过很多书的东方女人。

他们还仔细地观察了她，发现这并不是一个印第安人。

他们对此什么也没说。财运亨通，落袋为安，这才算数。他们认为如果说她想做一个印第安人，那么这全是她自己的事儿。

贡普维尔[1]

火车只开到贡普维尔，这是晨县的县城，乘驿站马车五十英里[2]能到比利县。那是一个寒冷清透的黎明，六只睡眼惺忪的狗站在那儿，冲着火车引擎吠叫。

“贡普维尔。”卡梅伦说。

“贡普维尔”是晨县猎羊协会的总部，这个协会有主席一名、副主席一名、秘书一名、警卫一名，以及规定射杀羊只无妨的条例。

① 贡普维尔（Gompville），布劳提根在本小说中虚构的地名，位于俄勒冈州。

② 1英里约等于1.6公里。

羊主人不太在乎这个事儿，双方都从波特兰找来了杀手，所以人们对杀戮的态度变得非常随意。

“我们时间很紧。”走向驿站马车的发车处时，格里尔对魔娃说。比利县已经近在咫尺了。

卡梅伦肩上扛着一只又长又窄的箱子。里面是一支12铅径泵动式霰弹枪，一支25－35的温彻斯特，一支30－40的克拉格，两把点三八[①]左轮手枪，还有某把自动式点三八手枪，这是卡梅伦在夏威夷时从一个在菲律宾打了两年叛军回来的士兵手里买的。

“这什么手枪?”卡梅伦问这个士兵。他们当时在火奴鲁鲁[②]的一间酒吧喝酒。

“这把枪能打死那些天杀的菲律宾佬，”士兵说，“它把其中一个混蛋打得太烂了，以至于得用

---

① 0.38英寸口径的史密斯威森特殊弹（.38 Smith & Wesson Special），广泛运用的转轮手枪用子弹。

② 火奴鲁鲁（Honolulu），即檀香山，夏威夷首府。

两个坟墓才能把他埋起来。”

喝光一瓶威士忌，又畅聊了一番女人的话题之后，卡梅伦从士兵手里买下了枪，士兵非常高兴他回到了美国，他再也不必用上这把枪了。

中央县途

中央县是一个辽阔的牧场县，北部是群山，南部也是群山，两者之间隔着巨大的孤独。山脉上挤满了树和小溪。

其间的孤独被称为死丘。

死丘地带有三十英里之宽。那里有成千上万的小山：黄而贫瘠的夏日画面里有着多如牛毛的杜松灌木和四处点缀的松树——它们像走丢的羊群似的从山上游荡而下，插入死丘，迷失，并再也无法找到回来的路。

可怜的树……

中央县约有 1100 人：他们不是在这儿死掉就是在这儿出生，再不然，就是一些陌生人决定过来另谋生计，老居民则搬走了，他们永远不会回来或者至少不会因为乡愁而很快地回来。

其中一个镇子靠近北部山脉。那个城镇名叫布鲁克斯。另一个镇子则靠近南部山脉，名叫比利。

这两个城镇是以比利·帕特森和布鲁克斯·帕特森的名字命名的：两兄弟在四十年前是这个县的先驱，然后他们在九月的一个下午为了五只鸡的所有权在枪战中崩掉了彼此。

那场致命的五鸡之争发生在 1881 年，然而直到 1902 年，关于这些鸡究竟属于谁和这桩导致兄弟相残并留下一对儿遗孀和九个丧父小孩的事故到底孰是孰非的争议依旧在县里余波未平。

布鲁克斯是县府所在地，但住在比利的人总是在说“操他娘的布鲁克斯”。

拂晓风中

就在贡普维尔外面，有一个人挂在河桥上。他的脸上存在着一种怀疑的表情，像是仍旧不敢相信自己已经死了。他仅仅是拒绝相信自己的死。在他们将他埋掉以前他无法确信自己的死亡。他的身体在拂晓的风中轻柔摇晃着。

一个拿着带刺铁丝网的鼓手和格里尔、卡梅伦以及魔娃一同坐在马车上。这个鼓手看起来像个有着细长手指和冷白色指甲的五十岁孩子。他先是去比利，然后去布鲁克斯卖带刺的铁丝网。

有生意做总归是好的。

“这种事情现在屡见不鲜，”他指着那具尸体说，“是那些波特兰的杀手。这是他们的工作。”

他是唯一一个喋喋不休的人。其他人没有任何需要说出声的东西。格里尔和卡梅伦在脑海里说了他们要说的话。

魔娃看上去如此平静，以至于你会觉得她是在一个尸体像花一样四处挂着的地方长大的。

车子马不停蹄地驶过了河桥。这听上去就像桥上的一场小雷雨。风把尸体翻了过来，所以它眼睁睁地看着驿站马车沿河而上，并消失在树绿尘飞的拐弯处。

与寡妇共飨“咖啡”

几小时后，驿站马车在名为简的寡妇房前停了下来。在去比利的路上，这位车夫总喜欢同寡妇一起来杯“咖啡”。

来杯“咖啡”的意思并不真的只是一杯咖啡。他和寡妇有一段情，所以他会把公共马车停在她门口，然后把所有乘客招徕进去。寡妇会给每人一杯咖啡，并且厨房桌子上总有一大盘自制的甜甜圈。

五十出头的寡妇，简，是一个极瘦但开朗的女人。

然后，这个车夫会把一杯仪式性的咖啡拿在手里，而寡妇就上楼去。所有乘客坐在楼下的厨房里喝咖啡吃甜甜圈，与此同时，车夫会在楼上寡妇的卧室里喝他的“咖啡”。

弹簧床的吱吱声像机械雨一样震击着房子。

科拉

卡梅伦把装满枪的皮箱带进了屋。他不想把枪留在无人照管的马车里。格里尔和卡梅伦从来不把枪拿在手上，除非他们预备杀人了。其余时间枪则一直待在手提箱里。

铁丝网鼓手拿着一杯咖啡坐在厨房，并不时向下瞧着卡梅伦身旁那只箱子，但他对此什么也没说。

不过他对魔娃倒挺好奇，甚至问起了她的名字。

“魔娃。”魔娃说。

“漂亮的名字，”他说，“而且，如果你不介意我这么说的话，你真是个相当漂亮的姑娘。”

"谢谢。"

之后，出于礼貌，他问了格里尔的名字。

"格里尔。"格里尔说。

"有趣的名字。"他说。

然后他问卡梅伦的名字叫什么。

"卡梅伦。"卡梅伦说。

"在座的每位都有一个风趣的名字，"他说，"本人名叫马文·科拉·琼斯。你们不怎么碰得见中间名叫科拉的人。不论如何，我没去过很多地方但也去过一些地方，比如英格兰。"

"对于一个男的来说，科拉是个不太常见的中间名。"卡梅伦说。

魔娃起身走到炉子那边，给格里尔和卡梅伦各弄了杯咖啡。她同样也给铁丝网鼓手倒了一些。她微笑着。桌上有一大盘甜甜圈，而且每个人都在吃它。寡妇简是个厨艺高手。

房子如镜面般持续地反映着二楼的床上运动。

格里尔和卡梅伦各自从桌上的一个漂亮瓷罐里弄了杯奶喝。他们偶尔想要来杯牛奶。他们也喜欢魔娃脸上的微笑。这是魔娃的首笑。

“他们以曾祖母的名字给我取名科拉。我不介意。她在一个派对上遇到过乔治·华盛顿。她说他是个好小伙，不过比她想象的稍微矮了那么一点儿，”铁丝网鼓手说，“我的中间名科拉帮我认识了很多有意思的人，它总是引起人们的好奇，而且它也多少有些幽默。我不介意人们哈哈大笑，因为一个中间名叫作科拉的男人恐怕确实有点好笑。”

杜绝尘埃

车夫和寡妇浓情蜜意地搀着彼此走下了楼。“你能把那个东西给我看，真是高风亮节啊。”车夫说。

寡妇的脸庞如星辰般闪耀。

车夫则表现出某种调皮的严肃，然而我们都能看出来他只是在恶搞。

“能停下来喝杯咖啡可真好，”车夫对坐在桌边的全体人说道，“这让旅行轻松了一些，而且那些甜甜圈比让一头驴踢你的脑袋要好得多。”

此事毋庸置疑。

1902年7月12日的那些想法

大约中午时分，驿站马车又开始在山间隆隆行驶了。天热，还无聊。铁丝网鼓手科拉打起了瞌睡。他看上去就像一道睡着的篱笆。

格里尔目不转睛地盯着魔娃乳房的波动。它们正贴着那身纤长简约的裙子优雅地翻腾着。卡梅伦在想桥上挂着的那个男人。他回忆起世纪之交时自己曾在蒙大拿州的比林斯和这个男人一块儿喝醉过。

魔娃看着紧盯她乳房的格里尔。她想象格里尔正用那双看起来很有力的手掌爱抚它们。她的体内感到兴奋而愉悦，因为她知道自己在今夜结束前就会搞上格里尔。卡梅伦想着桥上的死人时(也许他俩当初是在丹佛[①]一块儿喝醉的)，魔娃也在想象搞他的感觉。

---

① 丹佛（Denver），位于美国西部的科罗拉多州。

双筒望远镜

忽然，驿站马车停在了山脊顶端，那里弯曲着一片草地。草地上有《旧约》里描述过的那么多的秃鹫在盘旋、降落和再次升起。它们像肉天使似的被召唤到一个由很多曾经活着的白色小东西所形成的摊开式大神庙那边去朝拜。

“绵羊！”车夫喊道，“好几千只哪！”

他用一个双筒望远镜往草地下方望去。这个车夫曾经是一名军官，印第安人战争时期[①]的骑兵少尉，所以他驾驶驿站马车时总会捎上个双筒

① 印第安人战争（The Indian Wars，1622—1890），殖民的白种人和美国原住民印第安人族群之间爆发的一系列冲突。

望远镜。

他退出了骑兵部队因为他不喜欢杀印第安人。

“晨县猎羊协会一直在干这种事儿。”他说。

驿站马车里的每一个人都扒着窗户往外看，随后又像车夫一样从自己的位子上爬下去了。他们伸展筋骨，一边看着秃鹫在下面的草地上吃羊，一边纾解旅途之苦。

幸运的是，风从反方向吹过去，所以没有给他们带来死亡的气味。他们可以观赏死亡，而不必与死亡肌肤相亲。

“那些猎羊手是真擅长射羊。”车夫说。

“一枪在手，万事无忧。”卡梅伦说。

俄勒冈州州长

格里尔、卡梅伦和魔娃去铁匠铺要了些次日骑去霍克林小姐家的马。他们想确保马在他们出发前的黎明时分就已经准备好了。

铁匠那儿有一组奇怪的马，如果他认识你或者喜欢你的长相，那么他或许偶尔会把马借出去。那天傍晚他在晚餐时喝了一桶啤酒，所以他非常友善。

“魔娃，”他说，“好久没见到你了。去啥地方了？听说他们来贡普维尔的路上在顺道杀人呢。我叫皮尔，”他向格里尔和卡梅伦伸出了友善的手，“我管着这边的马。”

“我们早上需要一些马，”魔娃说，“我们要去霍克林小姐家。”

“也许我可以给你备上几匹马。也许有个一匹能够坚持那么远，如果你运气好的话。”

皮尔喜欢拿他的马开玩笑。他以拥有史上最烂的厩马而出名。

他有一匹马背凹如秋钩月似的马。他把那匹马叫作开罗。“这是匹埃及马哈。”他通常跟人如此讲解这匹马。

他另有一匹没耳朵的马。某个喝醉的牛仔为了一个五十美分的赌把它们给啃掉了。

“我太醉了，甚至说，我打赌我都想去把马耳朵给啃下来！”

“妈的，我不觉得你有那么醉！”

他还有一匹会喝威士忌的马。他们会在它的桶里放上一夸脱[1]的威士忌，它能全部喝光，紧接着便九十度地侧身栽地，于是所有人捧腹大笑。

然而，他的典藏珍品是一匹装了木蹄的马。

① 1夸脱约等于1.136升。

这匹马天生缺了右后蹄子，所以有人给他雕了一只木蹄，但这人雕刻时犯了迷糊，张冠李戴，以至于比起马蹄而言，那只木蹄最终看上去似乎更像一只鸭掌。一匹用木头鸭掌走来走去的马，这看上去真是光怪陆离。

一个政客有次专程从拉格兰德[①]过来瞧这些马。根据流言蜚语，就连俄勒冈州的州长都听说了这些马的存在。

---

① 拉格兰德（La Grande），美国俄勒冈州联合县的一座城市。

比利

晚饭时刻他们穿越了影溪桥。没人挂在这座桥上——驿站马车驶向比利的时候卡梅伦心想。

魔娃脸上带有某种欢愉之情。她对于回家这事很高兴。为了办成霍克林小姐交代的事，她都走了好几个月了，如今这俩当事人就坐在她身旁。她盼着见到霍克林小姐。她们有很多东西要聊。她打算跟霍克林小姐说说波特兰的事。

魔娃的呼吸随着对格里尔和卡梅伦身体的性期待出现了明显变化。当然，他们对于魔娃很快就要干他们的事情一无所知。

他们能看见魔娃呼吸的变化，但他们不知道这意味着什么。他们以为她是高兴回家之类的。

晚餐时间到了，因此整个比利都很吵。肉和土豆的味道飘在风里。而比利的所有门窗都开着。这酷热的一天，人们吃饭和说话的声音无所不在。

比利大约有六七十幢房子。建筑和小屋坐落在一条小溪两旁，小溪淌过覆有杜松灌木的峡谷山坡，令万物散发出清新甜蜜的气味。

比利有三个酒吧、一间咖啡馆、一家大型商店、一个铁匠铺和一座教堂。此地没有银行、医院或医生。

这镇里倒是有个警长，不过没有监狱。他不需要这东西。他的名字是杰克·威廉姆斯，而他多半是个手段低劣的混账玩意儿。他觉得把某个人放进监狱纯属是浪费时间。如果你在比利惹了什么麻烦，他会一拳揍进你的嘴，然后把你丢到溪里。其余时间，他经营着一间友善的酒吧——杰克·威廉姆斯之家，这人每天早上都会为小镇醉汉买杯小酒。

教堂后面是块墓地，牧师弗德里克·卡尔姆斯总在筹钱给墓园修筑篱笆，因为有头鹿老是钻进去，吃掉花和坟墓里的某些东西。

出于某种很玄的原因，每当牧师瞧见那些鹿站在墓中间的时候，他都会开始咒骂暴风雨，但自始至终都没人认真对待过他的墓园篱笆修筑计划。

人们觉得关他们屁事。

“所以说几头鹿进去了。有什么大不了的。不管怎么说，这个牧师有点神经兮兮的。”这是人们对于在墓地周围竖篱笆一事的普遍反应。

杰克・威廉姆斯

就在他们去史密斯妈妈咖啡馆搞些晚餐吃的路上，杰克・威廉姆斯——此镇警长，正从他的酒吧溜达出来。他本来要去个别的地方，但他瞅见了魔娃，魔娃他超喜欢的，不过，有两个陌生男人跟在她旁边，所以他走过去跟魔娃以及魔娃的朋友说“嗨”，他要弄弄清楚究竟怎么回事。

“魔娃！妈呀！”他一边说着，一边把手臂扔过去圈着她来了个大抱抱。

他能够感觉出这两个男的不上班，而且他们看上去平凡得无可救药。两人除了嘴脸和身材稍显不同之外，整体上都差不多。主要是他们表现自己的方式令人印象深刻。

其中一个绝对比另一个高，不过一旦你转过身去，就再也不可能记着谁是谁了。

杰克·威廉姆斯以前也见过类似的人。他本能地——甚至用不着智商参与——就知道这些人约等于麻烦本身。其中一个人肩上扛着长长的窄箱子。那人扛得如此轻而易举，好像箱子是他肩膀的一部分。

杰克·威廉姆斯是大高个：身长起码六英尺[①]，体重则多于两百磅[②]。他的悍劲儿在俄勒冈东部无人可敌。一般来说，那些心怀不轨的人都对他敬而远之。

杰克·威廉姆斯穿着枪套皮肩，里面揣着一把硕大闪亮的点三八。他不乐意系那种普通的枪腰带。他总开玩笑说他不喜欢把那些铁玩意儿挂得离鸡巴太近。

他今年四十一岁，生龙活虎，正值壮年。

---

① 1英尺约等于0.3米。

② 1磅约等于0.45千克。

“魔娃！我去！”他一边说着，一边把手臂扔过去圈着她来了个大抱抱。

“杰克，”她说，“好久不见哇！”

“我超想你的，魔娃。”他说。他和魔娃做过几次，他很仰慕她那麻利精瘦的身体。

他很喜欢她，不过有时候他会因为魔娃长得太像霍克林小姐而感到敬畏不安。她们看起来如此神似，甚至说不定就是孪生。镇上的人都瞧出了这件事，不过这和他们没有一毛钱关系，反正他们对此无计可施，所以干脆就这样吧。

“这些都是我朋友，”她做起了介绍，“来吧见见他们。这是格里尔那是卡梅伦。你们也见见杰克·威廉姆斯。他是本镇警长。”

对于魔娃和杰克·威廉姆斯正经八百的致意，格里尔和卡梅伦报以柔柔的笑意。

“哟，”杰克·威廉姆斯握着他们的手说，“所以，你俩来这儿干啥来了？”

“哎呀，”魔娃说，“这是我朋友啊。”

“对不住了，”杰克·威廉姆斯笑眯眯地说，

“对不住弟兄们。我这儿有间酒吧。任何时候你们想喝酒都请随意，算我的。”

他是个周全的人，因此大家都敬重他。

格里尔和卡梅伦立马就中意于他了。

他们喜欢那些性格刚强的人。他们不爱杀掉像杰克·威廉姆斯这样的人，有时这令他们事后感到非常难过。格里尔总是说“我挺喜欢他的”，然后卡梅伦就会回答“嗯，他是个好人”，然后，他们就只字不提了。

就在这时，一些枪声从比利上空的山里袭来。杰克·威廉姆斯对此浑然不觉。

“五，六。”卡梅伦说。

“这是干啥?”杰克·威廉姆斯问。

“他在为枪声计数。”格里尔说。

“噢，这个。噢对，”杰克·威廉姆斯说，“他们多半是在那边毙掉自己或者毙了他们的动物。坦白讲我他妈的完全无所谓。不好意思，魔娃，对不住。我的舌头是在一个露天凳子上孵出来的。我正试着把脏话屁话都存着，留到老了以后再说。

当务之急不是少说，而是打住不说。”

“所以说为什么放枪?”格里尔朝着杵在比利头上的暮色山丘点了点头，问。

“哎呀，少来这套，”杰克·威廉姆斯说，“你俩心里跟明镜儿似的。”

格里尔和卡梅伦又柔笑起来。

“我不在乎那些与牛羊为伍的人在互相搞什么鬼。他们大可以自相残杀得一干二净，如果他们有够蠢的话，反正只要别往比利这儿沾就行。

“那个来自布鲁克斯的县长。山上的狗事归他出面。我才不信他会哪怕挪上一寸的屁股，除非他正钻头觅缝地找他丢了的屁股蛋儿。哎呀，天哪，我又开始污言秽语了。魔娃，我的舌头什么时候才能吃上教训啊?”

魔娃对杰克·威廉姆斯微笑着。“我很开心我回来了。”她轻轻地碰了碰他的手。

这叫比利县的警长杰克·威廉姆斯——这个远近闻名的、文武双全的牛人——笑逐颜开。

“我想我该走了，”他说，“你回来我真太高兴了，魔娃。”之后，他转向格里尔和卡梅伦说：“希望你们几个波特兰小孩在这儿玩得开心，但记住一点，”他指着那些山丘说，“尽管在那上边杀人，别来这下边。”

史密斯妈妈咖啡馆

他们在史密斯妈妈咖啡馆吃了炸土豆、牛排和盖着肉汁的饼干作为晚餐，其余在这里吃饭的人想知道他们为什么在这个镇上，他们搞了点蓝莓派作为甜点，而那些人，基本是牛仔，想知道那个摆在桌边的苗条箱子里究竟装着什么，魔娃喝奶吃派，牛仔们被格里尔和卡梅伦搞得紧张兮兮，尽管他们也不明所以，不过，全体牛仔都认为魔娃肯定是漂亮的而且他们绝对地想要干她，并且也想要了解她这几个月究竟是去了哪儿。他们好久没在镇上见过她了。她肯定是去了什么别的地方但他们对此一无所知。格里尔和卡梅伦继续使他们紧张兮兮，虽然他们仍旧不明所以，总之，格里尔和卡梅伦看上去不像那种来这边安居乐业的人。

格里尔还想再搞块派来吃吃不过他没有。这本来是个好主意。他真的很爱这派，派和再来一块派的主意简直好得难分伯仲。此派就是那么美味。

喝完咖啡，他们又听见六声枪响从山里震开。所有的射击都是有条不紊、精益求精和算无遗策的。它们的发源地是同一根枪，听起来像是 30－30。不论谁开的枪，每次扣动扳机，他是真心深思熟虑了。

还有史密斯妈妈

史密斯妈妈是一位暴躁的老娘们，她正从一块为牛仔煎制的牛排上抬起双眼。她是个红脸膛的高大女人，她的鞋对于脚而言实在太小了。她认为自己在别的地方都够大了，不再需要一双大脚，所以她把双脚塞进对脚而言过于促狭的寸鞋里，这导致她大部分的行走都格外痛苦，因此她的暴脾气情有可原。

做饭时，随着她整夜在大柴火炉周围的不断移动，她的衣服完全汗湿并黏在了身上，更何况那饭本身就已经够热了。

卡梅伦在脑海里数枪发儿。

一……

二……

三……

四……

五……

六……

卡梅伦正等着数第七发枪响，然而随之而来的是一片寂静。枪击结束了。

史密斯妈妈一直怒火中烧地忙着炉子上的牛排。看样子这是她这天晚上要做的最后一块牛排了，她为此感到欣慰。她今天已经受够了。

“我赌他们正在那边杀人灭口，”一个牛仔说，他的牛排正被做熟，“我一直等着杀戮什么时候自己找上门来。这只是个时间问题。仅此而已。呃，我不在乎谁杀谁，反正别杀我就行。”

“你不会在这儿被杀的，”一个老矿工说，“杰克·威廉姆斯会确保这个的。”

史密斯妈妈夹起牛排放进一个大盘子里，然

后带给那个不想被杀的牛仔。

“牛排看起来怎么样?”她问。

“下头的火最好再猛点儿。”牛仔说。

“下次你再跨进这个店，我把你烤成一盘骨灰，”她说，“再往上面撒你爹生狗娘养的杂牛毛。”

皮尔最后的爱

他们那晚睡在皮尔的谷仓里。皮尔给他们拿了一大堆毯子。

“明早估计看不见你们了，”皮尔说，“你们天一亮就走，是哈？”

“对。”魔娃说。

“如果你们改变主意，想要点早餐咖啡什么的，就把我弄醒或者自己进屋搞定。那些东西就在橱柜里哈。”皮尔说。

他喜欢魔娃。

“谢谢你，皮尔。你人很好。如果我们改变了主意，肯定会进来把你的橱柜洗劫一空的。”魔娃说。

“很好，”皮尔说，“我猜你们几个会想出来怎么个睡法的。”几桶啤酒下肚后，这就是属于他的那类脏幽默。

魔娃在镇上以慷慨闻名。有次她甚至和皮尔做了，皮尔特别开心，因为他当时已经六十一岁并且他不认为自己这辈子有可能再做了。他最后的爱人是个寡妇，而那是 1894 年的事情了。她搬去了科瓦利斯，于是爱被终结。

总之某天傍晚，魔娃毫无预兆地对他说：“你最后一次干女人是在什么时候?”之后皮尔盯着魔娃，伴随着相当漫长的鸦雀无声。他知道她没那么醉。

“好几年前了。”

“你觉得它还能硬吗?”

“得试。”

魔娃用她的双臂圈住这个六十一岁、大腹便便、半醉半醒的怪马饲养员，然后吻了他的嘴。

“我觉得它可以了哈。”

谷仓中

擎着灯笼的格里尔和抱着毯子的卡梅伦打前阵，魔娃随他们鱼贯进入谷仓。因为他们屁股上的曲线硬邦邦的所以当时她十分亢奋。

“在哪儿睡好呢?”卡梅伦说。

“阁楼，”魔娃说，“那儿有张旧床。皮尔留着它给旅客睡的。那张床就是镇上唯一的旅馆。”她的声音很干，而且乍然紧绷起来。她几乎只能勉强控制自己的手不摸到这对儿屁股上去。

格里尔觉察到了。他回头看着她。她的目光就像激奋的玉石一样射入他的眼睛然后又射了出来。他会心一笑，而她毫无笑意。

他们小心翼翼地通过梯子爬上阁楼。这里闻

着有股甜甜的干草味儿，而且干草旁边有张旧铜床。两天的旅行之后床看上去很安逸。它像放在彩虹尽头的一瓮金子那么熠熠闪光。

“干我。”魔娃说。

“什么?”卡梅伦说。他一直在想别的事情。他在思索晚餐时山上的那六声枪响。

“你们俩，我都要。”激情像根阿芙洛狄忒的树枝似的划破了她的嗓音。

然后，她把自己的衣服除了。格里尔和卡梅伦站那儿瞅着。她的身形纤长，丰实的乳房上是星点儿大的乳头。更别提她那巨美的臀。

格里尔吹熄了灯笼，于是她就先搞了格里尔。

魔娃和格里尔搞的时候，卡梅伦坐在一捆昏暗的干草上。激情四溢的动作把铜床化为了活生生的物。

过了一阵，床停下来，除了魔娃一遍又一遍地在对格里尔说“谢谢，谢谢”以外，唯有静寂而已。

卡梅伦数她说了多少回谢谢。她说了十一回。

他等她说第十二回不过她没有再继续说下去了。

然后轮到卡梅伦和魔娃做了。格里尔想都没想起床的事，他只是躺在他们身边，任由他们做下去。格里尔爽到无法动弹。

又过了一阵，床再度停了。一段时间内这里默然无声，过了一会儿，魔娃开口，“卡梅伦。”她唤了他的名字一次。她只说了这个。卡梅伦等着她继续念叨他的名字或者说点什么别的，但她没有继续叫他名字，也没有再说任何别的。

她只是像小猫似的躺在那里，轻抚他的屁股。

鼓

纱门的砰砰声，犬吠声，锅碗瓢盆的乒乓声，鸡啼声，人们的咳嗽、抱怨以及搅拌声——敲敲打打地开始了新的一天，像在擂凿一面巨大的比利镇之鼓。

这是一面披星戴月的银鼓，它将导致——足以囊括 1902 年 7 月 13 日这天的一系列鸡飞狗跳目不暇接的花样事件。

小镇醉汉脸朝下地瘫在镇中心的主干道上，他和夏日尘埃与世无争地晕成了一团。他的双眼闭阖，脸的一侧浮现出微笑。一条大黄狗嗅了嗅他的靴子，然后一条大黑狗嗅了嗅那条大黄狗。它们是快乐之狗。两条尾巴都在摇摇摆摆。

一扇纱门砰地甩死，某个男人的声音如此震耳欲聋，以至于狗子都停止了嗅探停止了摇摆，他鬼吼鬼叫道：“他妈的老子的屄帽子死哪儿去了！”

“在你的头上，傻屌！”一个女声回答了他。

狗和狗想了一会儿，然后它们开始朝着醉汉狂吠，直到将其吠醒。

死丘欢迎您

次日黎明他们醒转，骑着三匹悲伤的马去了死丘。它们的名字都很完美。它们像某殡仪馆老板用葬礼残渣设计出来的。霍克林小姐家有三小时路程。这条道路异常荒凉，好似一个垂死之人的笔迹在山丘间逶迤。

这里没有房屋，没有谷仓，没有栅栏，没有人类曾涉足过如此远的证据——除了这条晦隐难辨的小路。唯一的抚慰只有清晨杜松灌木的幽香。

卡梅伦将塞满枪的箱子绑在他的马脊上。这个动物居然还能动弹，在他看来是很了不起的。他不得不冥思苦想，才能记起一匹瘦成这样的马。

“这地方是真的荒。”格里尔说。

一路骑行的时候，卡梅伦始终在数着这些小山。他数到了五十七。之后他罢手了。简直无聊透顶。

“五十七。”他说。

然后他就什么也没说了。事实上，自从几小时前离开比利，“五十七”是他唯一冒出过的话头。

魔娃等着卡梅伦解释他为什么说了一个“五十七”，但他没有解释。他什么也没有再说了。

“霍克林小姐就住这里?”格里尔说。

“对，”魔娃说，“她爱死这里了。”

有关于人的事物

终于，他们碰见了与人有关的事物。那是一座坟墓。这座坟墓就插在路旁。它就是堆盖着秃鹫屎的不毛之石。石头堆的另一端有个木质的十字架。它离道儿太近了，以至于你几乎得绕着它骑。

“好吧，起码咱们有个伴儿了。”格里尔说。

那个十字架上绽着一批弹孔。这个坟墓曾被用来做瞄准练习。

“九。”卡梅伦说。

“这是在说什么?”魔娃问。

“他意思是说十字架上有九个弹孔。”格里尔解释道。

魔娃看向卡梅伦。她看他的时间比她应该看他的时间长了大约十秒。

“甭理卡梅伦，”格里尔说，“他只是比较喜欢数数而已。咱们习惯成自然。”

大衣

他们越来越远地向着死丘骑去。山丘在他们身后消失，立马又从前方浮现。一切如此，一切沉静如从前。

有那么一下，格里尔还以为他看见了什么不一样的东西，但他搞错了。他所看到的和他已经看过的所有东西都毫无二致。他以为之前看到的要更小一点儿，不过随后他意识到，原来它们的大小如出一辙，而且万物悉数如此。

他缓缓地摇了摇头。

“皮尔是从哪儿物色到这些马的?”卡梅伦对魔娃说。

“每个人都想知道，每个人都想一探究竟。”

魔娃说。

过了一会儿，卡梅伦原本打算开始数数的，不过既然景色千篇一律，那么也就很难发现可数的事情，于是卡梅伦索性数起了自己的马步，这些步数带着他越来越深地挺进死丘。霍克林小姐正站在一座黄色巨屋的门前，以手蔽住阳光，并向着死丘极眺。她的身上穿着一件沉重的冬大衣。

医生

魔娃对于回家感到快活，她以死丘为家。不过你无法感觉到她的快活，因为她的面容上持续着某类与幸福无关的表情。那是一种焦虑的、略微抽象的神情。自从他们在谷仓醒来，就一直挂在她脸上了。

格里尔和卡梅伦本想和她再赴云雨，不过她对此兴味索然。她告诉他们，目前去霍克林小姐家才是要紧事。

“九百一十一。”卡梅伦说。

“你在数什么?”魔娃用一种非常睿智的声音说道。尽管她本人也确实聪明。她从拉德克利夫学院作为班长毕业，并去了索邦。之后她在约翰斯·霍普金斯大学学习成为一名医生。

她曾是新英格兰一个著名家族的成员，这个家族甚至可以追溯到“五月花号”时期。她的家族作为领头羊之一，为新英格兰社会和文化的开花结果立下了汗马功劳。

外科手术是她的专长。

“马蹄印。”卡梅伦说。

桥

倏地，一条响尾蛇从天而降，它从道路中间风驰电掣地爬过。群马开始大惊小怪：它们连声嘶鸣，东蹿西跳起来。之后那条蛇便走了。他们花了好一会儿才让马平静下来。

马恢复“正常”以后，格里尔说：“真是条大得古怪的响尾蛇。我不知道我见没见过那么大个儿的。你以前见过这么大的响尾蛇吗，卡梅伦?”

“没见过这么大的。”卡梅伦回答。

“我就是说嘛。”格里尔附和道。

而魔娃把她的注意力转向了别的地方。

“怎么了，魔娃?”格里尔说。

“我们马上到家了。”她说，现在她怒放出了微笑。

霍克林庄园

道路稍微转向，随后沿着一整座死丘的地平线逐渐上曲，抵至山端的时刻，便可看见四分之一英里开外有座三层黄色豪宅，它盖在一小块草坪上，草坪与建筑同色——除了屋子周围的一圈，因为绕屋那匝地方的颜色白如细雪。

房子周围没有栅栏、外屋抑或任何人为的东西，而且也没有树。它只是独自站在草地中央，四下堆绕着白色的物质，而地上的白色物质外边又有着更多的白色物质。

这里甚至没有谷仓。两匹马在屋外约一百码的地方放牧，同样的距离之外，那条连通门廊的道路被一群红鸡所终结。

这条路有如垂死之人遗嘱上苟延残喘的签名。

房子旁边有一盘巨大的煤堆。房屋本身是一个经典的维多利亚时代建筑，外面是庞然的山形墙，窗户顶部饰有彩色玻璃，有角楼以及红砖壁炉，甚至还有粗大的廊径环绕在其外部。房子里有二十一个房间，包括十间卧室和五个客厅。

只要利索地瞥一眼，你就知道这座房子不属于空无一物的死丘。这座房子属于圣路易斯、旧金山、芝加哥或者任何一个非此之地。它就算是归属比利也显得比本处更加合理，它毫无缘由地存在于此，所以这座房子看起来就像一个梦中的逃犯。

浓重的黑烟从三个砖砌的烟囱里涌了出来。山顶上的温度超过了九十华氏度。格里尔和卡梅伦好奇为什么房子里会着火。

他们在地平线的马背上坐了一会儿，向下纵眺那座房子。魔娃还在笑。她太开心了。

“这是我见过的最纳闷的事情。”格里尔说。

“别忘了夏威夷。”卡梅伦说。

第二卷

霍克林小姐

霍克林小姐

就在他们徐徐策马下山，朝着房子越凑越近时，前门开了，一个女人来到了外边门廊。这个女人就是霍克林小姐。她穿着一件长而沉的白大衣。女人站在那里，注视着他们向房子越骑越近。

她在七月一个炎热的早上穿着件大衣，这令格里尔和卡梅伦感觉很不寻常。

她身材细挑，有头长长的黑发。大衣像瀑布一样从她的身体流下来，流到一双高跟鞋尖才终于打住。这双鞋是漆皮所制，像煤块一样熠熠生辉。它们能轻易地从房边的大煤堆里显出来。

她只是站在门廊旁边，凝视着他们渐渐从山坡上降下。

她并不是唯一一个看着他们的人。他们还被楼上的某扇窗户观察着。

当他们离房子只剩一百码[①]时，空气蓦地转寒。温度骤降了差不多四十华氏度。这种落差猝然得如同飞刀子的动作。

如同眨眼之间夏尽冬来，两匹马和那团红色鸡群就站在热地上，眼瞅着他们骑入几英尺外的苦寒。

魔娃缓缓举起胳膊，亲热地向着那个女人挥手，而她也以同样的姿势，报以等量的爱意。

他们离房子五十码的时候，地上结了霜。那个女人向前走了一步。她有着令人难以置信的惊艳面孔。她的五官洁净而明锐，就像圆月之夜教堂的钟声。

他们离房子只剩二十五码的时候，她走到了共八级的楼梯上，这些楼梯把草地隔开，而草地全冻僵了，像奇怪的银器一样。它们一直延伸到

① 1码约等于0.91米。

阶梯上，几乎直取房门。唯一能够阻挠草地碰到房子的是抵住后者的积雪。如果不是这些落雪的话，冻硬的黄草就会成为房子的合理延伸，或者是由于体积太大而让人迈不进的地毯。

这些草已经冻了好几个世纪了。

然后，魔娃笑了起来。那个女人也笑了起来，如此美的声音，她们用口腔绽放的白色蒸汽在冷冽中簇拥出来的笑之声音。

格里尔和卡梅伦快要冻坏了。

那个女人跑下阶梯，奔向魔娃。后者则像葡萄一样从马背上剥落下来，滑到了女人的怀里。她们就在那里缠着彼此待了一会儿，还在笑着。她们一样高，有着一样颜色的头发甚至雷同的身材雷同的样貌，就像你我不分的同一个女人。

魔娃和霍克林小姐是对孪生女。

她们站在那儿，环着彼此，笑着。这是两个绝美的、非真实的女人。

“我找到了他们，”魔娃说，“他们很完美。”七月，某个炎热的早上，这幢房子周围积着一垛垛的白雪。

会晤

格里尔和卡梅伦下了马。霍克林小姐和魔娃已经被亲热的问候给掏空了，所以现在霍克林小姐转过来，并准备迎接他们。

“这是霍克林小姐。”魔娃说，她站在那里，看上去与霍克林小姐毫发不爽，只不过她身穿印第安衣服，而霍克林小姐则披挂着气派的新英格兰行头。

“格里尔，霍克林小姐。”魔娃介绍道。

“很高兴认识你，霍克林小姐。”格里尔说。他轻柔地笑着。

“你的到来令我欣慰。”她说。

“这是卡梅伦。”魔娃继续。

“你也是，我很欣慰。”霍克林小姐说。

卡梅伦点点头。

然后霍克林小姐走到他们跟前并伸出手来。他们都同她握手。她的手又长又嫩但她捏得很用力。她捏得太使劲了以至于他们吃了一惊。它是这塞满惊愕的一天之中的又一份惊愕。当然，之前的讶异早已蒸发了，目前为止惊到他们的，仅仅只是当日结束前一切即将发生之事的首付。

“一，二。”卡梅伦看着霍克林小姐和魔娃，说。

“抱歉，什么?”霍克林小姐问，她等着卡梅伦把刚才的话说完。但卡梅伦什么也没有再说。

“这个的意思是他很高兴见到你。”魔娃也朝着格里尔笑着说。

冰窟

“我们进屋吧，”霍克林小姐说，“我会告诉你们为什么魔娃把你们带到这儿，以及你们要做什么才能拿到钱。你们吃早餐了吗?”

“我们破晓时就上路了。”魔娃说。

“听上去现在吃早餐很顺理成章。”霍克林小姐说。

格里尔和卡梅伦注意到，越贴近这所房子，空气便会越寒冷。房子在他们头顶高耸入云，就像一小座盖着黄雪的木头山。

格里尔在二楼窗户里头瞥到了什么东西。它像小镜子似的飘浮着。然后它离开了。他以为有什么别的人在房子里。

“你们发觉很冷，对不对?”霍克林小姐将他们领上门廊的台阶时说。

“是的。”格里尔回答。

“因为这房子底下是冰窟，”霍克林小姐说，“所以才这么冷。”

一帮黑伞

他们进了屋子。里面全是雍容的维多利亚时代家具，而且格外地冷。

“厨房在这边，”霍克林小姐说，“我会去煮点儿早餐。你们两个男孩儿吃点火腿和鸡蛋应该还蛮不错的。”

“我要上楼换衣服。”魔娃说。于是她沿着一段上楼的红木旋梯消失而去了。格里尔和卡梅伦盯着她的背影，直到不见。之后他们随霍克林小姐进了厨房。跟在她身后是非常愉快的事。她已经脱下大衣，里头穿着一件蕾丝立领的白色长裙。

她的身体和魔娃的身体几乎分毫不差。格里尔和卡梅伦可以想象她不着寸缕的样子——她会和魔娃看起来一模一样——耐看得要死。

"我会去做点早餐，然后告诉你们该去做些什么。从波特兰到这儿长途跋涉。我很高兴你们来了。我想我们都会成为朋友的。"

厨房硕大无朋。里面有一扇巨型窗户，可以向外看到地上的雪和霜冻。炉子里燃着一簇炎炎烈火，所以厨房里面温热又舒适。

格里尔和卡梅伦在桌边椅上坐下，而霍克林小姐从炉子上的一口大锅里给他们各自倒了杯浓浓的黑咖啡。

她拿了条火腿，切成一些大肉块，然后把它们放进锅子里煮。饼干们飞速成形，即刻就被搁在烤箱里面开烤了。格里尔和卡梅伦不记得有谁这么快马加鞭地做出过饼干，也不记得有什么人如此一骑绝尘地把饼干塞进过烤箱。

霍克林小姐精通厨艺，正如她精通自己人生中的一切。她做早餐时几乎没说什么话。不过有次她问他们是否喜欢波特兰然后他们回答说确实喜欢。

格里尔和卡梅伦目不转睛地盯着她的每一个动作，想知道接下来会发生什么，他们明白这些动作都是一类相当猎奇的冒险的开始。

他们看起来十分随意、松弛，一点儿也不着急，仿佛目前为止发生的一切——甚至这座栖息在盛夏冰窟之上的、结了霜的怪房子——都只不过是他们的日常而已。

卡梅伦把装满枪的箱子拎进屋。他把它留在前厅，放在一只装满了黑雨伞的巨硕象脚伞桶旁边。

头顿早餐

就在早餐备好的时候，魔娃进了厨房。她穿着和霍克林小姐完全一致的衣服。她的头发也梳成了同款，穿着煤一样熠熠生辉的黑漆皮鞋。你看不出魔娃和霍克林小姐之间有任何区别。

她们是同一个人。

“我看起来如何?”魔娃问。

“很好。”格里尔说。

“你绝对是一号美女。”卡梅伦说。

“好高兴你回来了。”霍克林小姐说，她突然停下手边的烹饪，然后冲过来又抱住了魔娃。

格里尔和卡梅伦就坐在那里，盯着这两个完

全一样的美丽女人的幻景。

霍克林小姐又回到几分钟前的流程，把食物放在桌子上，就在这儿他们全都聚在一起吃了头一顿饭，这是他们将共同吃掉的许许多多顿饭当中的一顿。

第三卷

霍克林之妖

魔娃之死

“还有别人跟我们一块儿吃早餐吗?”正要咬下第一口食物的时候，格里尔说了这话。那时候他正想着那道他从楼上的窗子里瞅见的闪光。他以为这光是由一个人所引发的。

“没了,”霍克林小姐说,“除了我们，家里没别人。”

卡梅伦盯了会儿他的叉子。它就躺在一只有着精致中国风格图案的盘子旁边。他又看了一眼格里尔。之后他捡起他的叉子开始吃东西。

“想我们帮你搞定什么?”格里尔说。他刚刚吞下了一大口细嚼慢咽过的火腿。格里尔是个慢食佬。他喜欢享用他的食物。

“五千。”卡梅伦说。他的嘴里还裹着些食物，因此他的话听起来有点像结了块儿。

“你得去杀掉一只住在冰窟里的妖怪，房子下面的冰窟。”霍克林小姐抬眼看着卡梅伦说。

“一只妖怪?”卡梅伦问。

“对，一只妖怪，”魔娃说，“这妖怪苟在穴里。我们想要它死。窟子上边有个带实验室的地牢。一扇铁门把窟子和实验室隔开，另一扇铁门把实验室和房子隔开。门是厚门，但我们担心有一天它会搞破这些门，然后上到房子里来，我们不想让这妖怪在房子里乱跑。”

“懂，”格里尔说，“没人喜欢妖怪在房子里闹腾。”他轻笑着。

“这是个什么妖怪?”格里尔问。

“我们不知道。”霍克林小姐说。

“我们从没见过他。”魔娃说。

自从他俩来了以后，魔娃的个性就一直在迁移。很快她就变得越来越像霍克林小姐。她的声音变幻莫测，表情也在不断演化。魔娃的表现益发近似于霍克林小姐的腔调、行动和做派了。

“但我们能听见它在穴窟里嚎叫，并且还有类似尾巴擂铁门的声音。”魔娃以一种活脱脱就是霍克林小姐的方式说道。

魔娃就在格里尔和卡梅伦的面前逐渐变成了霍克林小姐。到早饭结束时，他们已经说不上来两者有什么区别了。只有通过桌上的位置才能辨别谁是魔娃而谁才是霍克林小姐。

“这是种恐怖的声音，我们胆战心惊。”魔娃说。

格里尔心想，一旦她们都站起来，并且你的眼睛稍微移开那么一秒钟，你就分不出谁是谁了。他忽然意识到，魔娃很快就会死在厨房里，而第二个霍克林小姐则会诞生，然后就会有两个一模一样的霍克林小姐，而你完全不知道她们彼此之间有何不同。

格里尔有点难过。他喜欢魔娃。

过了一会儿，他们全在谈论那个妖怪的时候，两个女人都站了起来，开始在厨房中移动并清理厨余。

格里尔目不转睛地盯着他判断为是魔娃的那一个人。他不想就这么失去她。

“我们从没杀过半只妖怪。”卡梅伦说。格里尔一不小心把目光从这个女人身上移开，去听卡梅伦说话。然后，他惊恐万分地意识到自己干了什么，又试图飞快地看回她，不过为时已晚。他看不出两个人有任何差别。

魔娃死了。

魔娃的葬礼

“你们哪个是魔娃?”格里尔说。

霍克林女人们停止了她们的餐毕涮洗，然后转向格里尔。

“魔娃死了。”其中一个女人说。

“为什么?”格里尔说，“她是个好人儿。我喜欢她。”

“我也喜欢，”卡梅伦说，“但是事情就是这样了。”卡梅伦有那种可以接受任何事情的心态。

“当你活得够长的时候，就得死掉了。”其中一个霍克林女人说，“魔娃活得和她该活的一样久了。别难过。这是种无痛且必要的死去。”

她们两人都对格里尔和卡梅伦柔笑着。眼下

任何人都无法判别这对女人间的差异了。关于她们的一切都彻底一致了。

格里尔叹了口气。

“那另一个用来分辨你俩的名字呢?”格里尔问。

“我俩没有区别。我们是一个人。”其中一个女人回答。

“她们都是霍克林小姐,”卡梅伦以此结掉这个话题,“我喜欢霍克林小姐而现在我们有了两个。我们就叫她们俩霍克林小姐得了。长远来看,谁他妈的在乎呢?”

“听起来不错。”霍克林小姐说。

“是的。就叫我们霍克林小姐吧。”霍克林小姐说。

“很高兴这事妥了,”卡梅伦说,“你们的地下室里还有一号妖怪。是吗?它得死。”

“不是在地下室里,”霍克林小姐说,“是在冰窟里。”

“那就是地下室,”卡梅伦说,“再多讲点儿这鬼东西的事情。然后，我们就下去把它的脑袋给轰掉。”

霍克林之妖

两名霍克林小姐坐回去，和格里尔、卡梅伦一块聚在桌边，开始叙说霍克林之妖的内情。

“我们的父亲建了这座房子。”霍克林小姐说。

“他是一个在哈佛教书的科学家。”另一名霍克林小姐说。

“什么是哈佛?”卡梅伦说。

“这是东方的一所知名大学。”霍克林小姐说。

“我们从没去过东方。”格里尔说。

“不对，我们已经去过了，”卡梅伦说，“我们去过夏威夷。”

“那不是东方。”格里尔说。

“难道中国人不是来自中国？那就是在东方。”

卡梅伦说。

“那不一样,”格里尔说，“圣路易斯就在东方，还有芝加哥。这些地方才是。”

“你说那么东啊。”卡梅伦说。

“对,”格里尔说,“就是那么东。”

“那个妖怪——”霍克林小姐说，试图退回原来的主题，也就是她们房子下方的冰窟里沤着的那个妖怪。

“噢,”格里尔说,“不过我们是怎么开始聊起夏威夷的？我讨厌夏威夷。”

“我提的,”卡梅伦说，“因为我们在聊东方呗，不过我也讨厌夏威夷。”

“在这个谈话里提夏威夷是件蠢事。这些女人她们有了问题,”格里尔说，“她们付我们钱来摆平，所以我们得赶紧搞那个才对，我知道你讨厌夏威夷，因为我当时他妈的就站在你的旁边。我知道你记得这个因为你他妈的记得一切。”

“妖怪——”另一个霍克林小姐说，试图再次推荐原来的话题，也就是她们房子下方的冰窟里沤着的那个妖怪。

“我感觉问题在于，”卡梅伦说，完全忽略了霍克林小姐和那个妖怪，“如果霍克林小姐说的是在东部，那么我立马就会知道她说的那个东是什么东。但她说在‘东方’，所以我想到了我们刚刚经过的夏威夷。你看，这一切都是因为她说了在‘东方’，而不是‘东部’。每个傻蛋都知道芝加哥在东部。”

这是格里尔与卡梅伦之间的一段非常离谱的对话。他们以前从未有过这样的对话。他们以前也从没这样去聊过。

他们的聊天总是很正常——除了卡梅伦总是在数他们生命中经历过的那些事情以外，不过格里尔已经习惯了。他不得不习惯因为卡梅伦是他搭档。

格里尔打破了他们的聊天魔咒——通过从卡梅伦身上瞬间抽离他的精力，而这是一件无比困难的事情，然后他对霍克林小姐说：“你父亲是怎么回事？他怎么把这只到头来你俩不得不一起合租的妖怪给塞进地下室的?”

“它不在地下室里!”霍克林小姐有点生气了。“它在地下室底下的冰窟窿里。我们的地下室里没有怪物!我们只不过在那儿有个实验室。”

但她神不知鬼不觉地被格里尔和卡梅伦刚刚那场关于东边的谈话给蛊染了。

“还是从头开始吧,”另一名霍克林小姐说,“我们的父亲建了这座房子……”

再访夏威夷

“他在哈佛教化学，家里还有一个用作私人实验室的大型实验室，”霍克林小姐说，“一切都很顺利，直到那天下午，一个实验对象走出实验室，在后院吃掉了我们家的狗。这件事发生的时候，隔壁邻居正在他们的花园举行婚宴。就在那时候他决定迁居到国内某个与世隔绝的地方，在那儿他可以为工作保留更多的隐私。

“大约五年前他找到了这个地方，并且在此建造了这所地下室配有大实验室的房子。他那时正在做一个被称作化学质的新实验。一切都很顺利直到——”

“不好意思，”格里尔打断道，“那么，那个吃了你狗的实验呢?”

“我正要说这个。”霍克林小姐说。

“对不起,”格里尔说,“我只是有点儿好奇。继续。让我们听听发生了什么,不过我觉得我已经知道发生什么了。如果我错了请纠正我:其中一个实验把你父亲吃掉了。”

“非也,”霍克林小姐说,“这个实验没有把我父亲给吃掉。”

“那它究竟是干吗的?”格里尔问。

“我们又开始抓瞎了,”另一个霍克林小姐说,“我不知道发生了什么。这本来很好解释的,怎么突然变得那么复杂了。我是说,这个对话变得那么怪,让我感到难以置信。”

“确实有点怪,对吧?”格里尔说,“我们好像就是无法说出自己的意思似的。”

“我只是忘记了我们在说些什么,”霍克林小姐说,她扭向她的姐妹,“你记得我们究竟在说些什么吗?”

“不,不记得了,”另一个霍克林小姐说,“夏威夷?”

“我们前不久在说夏威夷,”格里尔说,“不过我们当时正在谈论什么别的东西。在说啥呢?”

“也许就是夏威夷,”卡梅伦说,“我们当时在聊夏威夷。现在是不是有点更冷了?”

“感觉确实更冷了,不是吗?”霍克林小姐说。

“对,肯定是冷了,”另一位霍克林小姐说,“我会在炉子里再加些煤。”

她站起来走向壁炉。她打开了上面的盖子,发现炉内已经纳满了炭,因为她在坐下来和格里尔和卡梅伦聊妖怪以前才刚添了些鲜炭。

“现在,我们要接着谈夏威夷了对吗?”另一个霍克林小姐说。

“这才对。”格里尔说。

“这真是个愁人的地方。”卡梅伦说。

“我想我们最好尽快去别的房间,”霍克林小姐说,“这火还不够热。”

他们离开了厨房,然后走进了前面的一间会客厅。顺着长长的过道走向会客厅时,他们什么也没说。

一迈入会客厅，格里尔立刻转向霍克林小姐然后高声大叫："我们当时在聊那个狗日的妖怪，不是夏威夷！"

"没错，"她几乎冲他喊了回去，然后他们站在那里盯了对方一会儿，直到霍克林小姐说，"刚刚在厨房里，有什么东西干预了我们的思想。"

"我想你最好立刻告诉我们关于那只妖怪的一切。"卡梅伦说。他看上去异常严肃。他不喜欢任何人在他脑子里捣鬼，包括所谓的妖怪。

化学质

会客厅的陈设美轮美奂，品位超凡脱俗。他们全都面对面地坐在漂亮椅子上，除了卡梅伦，他自个儿坐在一张沙发里。

壁炉里燃着富裕的煤火，房间又暖又称心如意，和厨房简直大不一样，而他们现在全都记起来了当时大伙是在说些什么。

“你父亲在哪儿?”格里尔问。

“他消失在冰窟里了，”霍克林小姐说，“他下去找那个妖怪了。没有回来。我们猜那个妖怪把他逮了。”

“我们是怎么牵扯进来的?”格里尔问，“为什么不去找警长，然后让他来进去看一眼?他看上去挺好的，而且他对你们中的某一个还很感兴趣。”

“太多的事情得去解释，而且我们觉得父亲死定了。那个妖怪已经把他宰了。”霍克林小姐说。

卡梅伦在沙发上仔细听着。他的灰色眼睛看上去几乎是金属的。

“我们得到的指示是完成我们父亲的化学质实验，”另一位霍克林小姐说，“他告诉我们假如他发生了不测，那么我们得去弄好这些化学质。这是他的最后一个重大实验，我们正听令行事。”

“我们无法忍受这个想法——父亲的一辈子就这么白白浪费了，”霍克林小姐说，“化学质对他而言意味着太多。我们认为，完成他启动的项目是我们的责任。这就是为什么我们没去找警长。我们不想要别人知道我俩在干什么。所以我们把你们弄来帮忙。我们无法完全专注在化学质上，除非那个妖怪死翘翘了。下头有个东西试图从冰窟里出来，进到房子里杀死我们，这事儿挺让人分心。所以如果你们帮我们解决掉它，一切都会简单得多。”

“厨房里刚刚发生了啥?”卡梅伦问，“为啥我们对彼此说那么费解的东西？为啥我们老忘了自己在说啥？这里之前发生过这种事吗?”

面面相觑时，两个霍克林小姐略微停顿了一下。然后，她们其中一个人说：“是的。这种事情时有发生——自从我们的父亲在化学质里面加了一些东西接着通上电以后。我们不停地想办法，试图纠正化学质的平衡，并且完成这个实验。我们一直按照父亲遗下的笔记行事。”

“我喜欢你说‘遗’的感觉，”格里尔说，“‘遗’的意思是有个天杀的妖怪在地下室把他给吞掉了。”

“不是地下室，是冰窟!”霍克林小姐说，“实验室就在地下室里!”

卡梅伦注视着两个霍克林小姐。每个人都停止了说话因为他们知道卡梅伦马上就要说话了。

“你们两个女孩，看上去好像对你们父亲的消失不太悲伤，”卡梅伦终于开口，“我的意思是，你们并没有在哀悼。”

“父亲用一种特殊的方式把我们养大。母亲早就去世了，”霍克林小姐说，“悲痛可没那么把自己当回事。我们很爱我们的父亲所以我们要去完成他的实验，化学质的实验。”

这次她有点儿生气了。她想立即着手于除妖的事情，而不是过剩地谈论那些她真的不太感兴趣的事情：比如致命的悲伤。

“再跟我们讲一点儿刚才厨房里发生的事情。”卡梅伦说。

“这种事情时有发生，”另一个霍克林小姐说，“这里总是发生一些诡谲事件而且它们很少重复自己。我们从不知道接下来会发生什么。”

“有一次我们在所有鞋子里都发现了绿毛，”霍克林小姐说，“另一回，我们本来正坐在楼上的会客厅里聊些事情，突然之间两个人都变成了裸体。我们的衣服直接从身上消失了。而且那些衣服再也没出现过。”

“对，”另一个霍克林小姐说，“这真鸡巴让我生气。我真的很赏识那条裙子。我在纽约买的，它可是我最迷的裙子。”

格里尔和卡梅伦从未听闻一位优雅的小姐用过鸡巴这个词。不过他们会习惯的，因为霍克林女儿们经常吐脏字。这是她们从自己父亲那里学来的本事，他的文风一直十分风流乃至成为了哈佛一景。

不管怎样：继续这个故事……

“发生过很糟的事吗?”

“不，所有的事情都像是小孩的恶作剧，不过那是某个有着超自然力量的孩子。”

“什么是超自然?”卡梅伦问。

霍克林小姐们面面相觑。卡梅伦不喜欢她们这个样子。她们需要做的不过就是他妈的直接告诉他那是啥意思罢了。又没啥大不了的。

“就是超出日常经验的雾里看花之事。”霍克林小姐说。

“不错的知识点。”卡梅伦说。他的声音听起来不太愉快。

“你不怕这些化学质之后还会弄出什么事情吗?”格里尔说，他把话头从卡梅伦那儿接过来，并试图把它控制在一个更舒服的水平上。

霍克林小姐松了一口气。她们并不是有意要用超自然这个词来伤害卡梅伦的感情。她们知道自己做了件蠢事，面面相觑，她们希望自己从没那么做过。

“他们从来都不是邪恶的，”霍克林小姐说，她本来要说恶意的，不过她改了主意，“只是有时候很烦人，比如我最爱的裙子从身上消失那回。”

“所以这些化学质搞完之后是拿来做什么的?”格里尔说，“这就是吃狗的东西吗?”

“我们不知道它是拿来做什么的，”霍克林小姐说，“我们的父亲告诉我们，当化学质完成之后，人类面临的终极问题将会得到解答。”

“这个问题是啥?”卡梅伦问。

“他可没跟我们说。”霍克林小姐回答。

狗

“你还没回答关于这条狗的事情。”卡梅伦说。

“不，不是化学质干的，”霍克林小姐说，“它们什么也没吃。它们只是很淘气而已。”

“那不然是啥吃掉的狗?”卡梅伦说。他真的很想知道狗是被什么给吃了。

“是爸爸之前混好的一批东西。”霍克林小姐说。

“那和化学质有关吗?”卡梅伦问。他刚养成把霍克林教授的最后一个实验叫成化学质的习惯。

霍克林小姐不太想说她本来要说的话。在她开口前，卡梅伦正细看她脸上的表情。她看上去像个欲语还休的愧疚小孩。

“嗯，吃掉狗的是化学质的早期试验品，爸爸把它们冲进了厕所。”

霍克林小姐羞赧起来，她的眼睛快把地板磨透了。

威尼斯

像被逮住的孩子一样静坐的霍克林小姐，从椅子上起了身，并走过去戳火炉里的炭。

每个人都在等她弄完，接着再回到化学质、被吞进肚的狗之类的对话上，此外，还有那些在1902 年 7 月 13 日这天里可能也会有意思的其他话题。

他们等待的时候，卡梅伦数了数房间里的灯具，七；椅子，六；墙上的图片，五。这些图片是卡梅伦从未见过的东西。其中一幅图里是某条两旁分列着建筑物的街道。街道上敷满了水。而水上行着一些船。

卡梅伦对于行船而非走马的街道闻所未闻。

“这是啥鬼东西?”他指着图片，说。

“威尼斯。”霍克林小姐回答。

搞定壁炉之后霍克林小姐坐了回去，谈话随即复原。事实上，他们稍早一点聊到的东西被重复了一遍，之后话题才被岔向别处。

鹦鹉

“如果化学质可以偷换你脑子里的想法，同时将你身上的衣服窃走扒光，那我感觉你们确实惹上了危险的东西。”格里尔说。

“我们担心的是那头妖怪。”霍克林小姐说。

“哪头?”格里尔问，“我感觉你们可能有两头。冰窟铁门后面的东西，甚至可能还是相对没那么棘手那头。”

“我们现在就去毙了那个杂种吧，”卡梅伦说，“把它了结掉，然后就可以想点别的事情了——如果你们愿意想的话。我已经腻歪死这些谈话了。它们毫无用处。我去拿枪然后我们下去杀个痛快。你们知道它啥样子、有多大，或者它狗日的究竟是啥玩意儿吗?”

“不知道，我们从没见过它,”霍克林小姐说，“它要么嚎叫，要么就是捶冰窟和实验室之间的铁门。自从父亲失踪后我们一直把门锁着。”

“它声音听起来什么样?”卡梅伦问。

“听起来像是水倒进了水杯,”霍克林小姐说，“一条狗在吠，以及一只醉鹦鹉的咕哝声，而且非常、非常响。”

“我觉得咱们这把得捎上一支霰弹枪。”卡梅伦说。

男管家

就在这时，一记敲击响在前门上。敲门声在房子里旋荡，并为会客室在座的每一个人带去了沉默。

“那是什么?”格里尔问。

“是有人在敲门。”卡梅伦说。

霍克林小姐起身，朝着通向前厅的会客室门走去。

“是管家。”另一位霍克林小姐说，她还待在椅子上。

“管家?”格里尔重复道。

“对，管家，”另一位霍克林小姐说，“他去布鲁克斯收我们从东部订回来的东西，化学质用的。”

他们听到霍克林小姐打开前门，她的声音在和另一种声音讲话。

“您好，摩根先生，”她说，“您的旅行愉快吗？”

她听上去非常正式。

“是的，小姐。我取来了您要求的所有东西。”

男管家用一个老人的声音答复了她。

“您看起来有点累了，摩根先生。何不去盥洗一番，随后去厨房用杯咖啡呢。一杯咖啡会令您神清气爽的。”

“谢谢您，小姐。我得先去弄掉这些灰尘，一杯咖啡确实再提神不过了。”

“布鲁克斯如何？”霍克林小姐问。

“一如既往的灰多，并且令人沮丧。”摩根先生说。

“我们订的东西都齐全吗？”霍克林小姐说。

“全。”摩根先生回答。

“很好，”霍克林小姐说，“噢，在您走之前，摩根先生。我妹妹从波特兰回来了，她带来了一些客人，他们会在这里和我们住一段时间。”

她把摩根先生领进了会客室。

穿门走进房间时他低下了头。

摩根先生高七英尺二英寸，体重超过两百磅。他今年六十八岁，蓄着白发和精修过的白色小胡子。他是个老巨人。

“摩根先生，这是格里尔先生和卡梅伦先生。他们从波特兰一路赶来，而且很有风度地同意帮忙绞杀冰窟里的妖怪。”

“很荣幸见到你们。”这位巨人老管家说。

格里尔和卡梅伦告诉巨人，他们也很高兴见到他。霍克林小姐站在那里看着他们向彼此打招呼，模样简直闭月羞花。

“真是个好消息，”摩根先生说，“下面的东西是个讨厌鬼，经常砰砰敲门，发出可恶的声音。有时候简直令人彻夜难眠。那只野兽被消灭将对这个屋子的居住性大有裨益。”

摩根先生从未真正赞同过霍克林教授从波士

顿迁居到东俄勒冈的死丘这件事。他也不喜欢教授选择建房子的这块地方。

他说了声告辞便缓缓离开了，毕竟岁月不饶人，之后他又再次低头躲避，以从门中穿过。他们能听见他蹒跚着步下大厅，挪进他的房间。这个沉甸甸的脚步声听上去实在太累了。

“摩根先生已经在我们家待了三十五年了。”霍克林小姐说。

“他的前东家和一个马戏团有关。”另一名霍克林小姐说。

枕戈待旦

“我们去杀妖怪吧，把它解决掉，”卡梅伦说，“我去拿枪。”

“一旦你们搞定了需要的装备，我们就把你们带下去。”霍克林小姐说。

卡梅伦走进大厅，抄起象脚伞桶旁边那条装满枪支的细长箱子。他回到会客厅，把箱子放在沙发上，一把掀开了它。

“我们肯定得招呼一把猎枪。”卡梅伦说。他拿出了 12 铅径的短筒霰弹枪和满满当当的一盒子弹。这些都是 00 号鹿弹。他把枪上了膛，然后抓起一把鹿弹，塞进了外套口袋。

格里尔的手伸进箱子，拿出了一把点三八左轮手枪。他把手枪上膛然后插进了皮带。

卡梅伦拿出了曾被用于杀死那个菲律宾叛乱分子的点三八勃朗宁自动手枪。他把一弹夹的子弹挤进枪托，接着将它们弹了回去，之后他扣动扳机并把一枚子弹射进房间。最后他把枪上了保险后将其梭进腰带。

“那些冰窟窿有多大呢?”格里尔对着最近的那个霍克林小姐说。

“有的窟窿特大。”她说。

卡梅伦在他的外套口袋里多放了一个弹夹的自动手枪子弹。

“我们带支步枪吧，”格里尔说，他把手伸进箱子，摸到了克拉格，“我们从没有截过一只妖怪的道。他可能会导致一些额外的工作量，所以我们得万事俱备。”

他为克拉格的弹匣里装满弹药，把螺栓拉回来之后砰的一下射透了房间。动作飞针走线一气呵成。这先是让霍克林女人们感到有些惊愕，随即又觉得妙不可言，因为她们知道格里尔和卡梅伦十分老练十分游刃有余。

格里尔把另一枚子弹装进了弹匣，代替了刚才如猫鼠游戏般闪进房间，并早已消失无踪的那枚。

克拉格上系着一根皮质的拴带，所以格里尔直接把猎枪荡到了肩膀上。然后他抓了把弹药放进口袋。他已经备好他的营生了。

“我们中的一个人必须掌着灯，”卡梅伦说，“所以假如那只妖怪突然发生了什么变数，那个人只有一只手可以反应。你掌着灯和这支菲律宾佬扫荡枪，我来把着这根猎枪。”

他把自动手枪和额外的弹夹给了格里尔，一边说：“递我那把点三八。”

格里尔递给他点三八。

“如果需要的话，到时候我可以让这根猎枪来得非常快，”格里尔说，“如果那个狗屌子向我们跳过来，这边有很多东西可以把它冲成香肠。”

“我们帮得上什么忙吗？”霍克林小姐说。

“不必，姑娘们。你们只会挡我们的道，”卡梅伦说，“这个是我们的工作流程。所以你们只要让开，我们就会帮你们把妖怪弄掉。谁知道呢？指不定今晚就能拿它下酒。它也许非常美味。”

冰窟之旅

霍克林姐妹领着他们穿过大厅，来到了通向实验室和冰窟的楼梯。

在大厅走过一半时，他们听见一阵沉郁的拖着步子的声音。是那个男管家。他冒了出来，将头避过门框，进入了大厅。

“你们要去杀那妖怪了。”他用一种老态龙钟的声音说。他的嘴动了动，然后，似乎过了一会儿，他的声音才从嘴里面挪了出来。

他看起来高耸入云。

他的头发像屋外草地上的霜冻一样煞白。

“那个妖怪嚼了我的主人，”巨人管家说，“要再年轻点儿，我赤手空拳解决了那妖怪。”

他有双巨手，上面满布关节炎的缚结。也许在这双手的黄金年代，他能够徒手杀死一头妖怪，但现在，它们看上去就像灰色的变质老火腿一样，歇菜了。

“你们要去杀那妖怪了。”巨人管家重复道。他去布鲁克斯买化学质用品的时候实在疲于奔命。对于这种旅行而言，他的岁数已经太老了。

巨人管家的眼皮垂了下来。

“感谢上帝。”他说。上帝这个词几乎迷失在了他的喉咙里。它听上去像是有人把屁股撂在了一张旧椅子上。

门

通向地下室的是一扇沉重的铁门，门上有两个螺栓。霍克林小姐把螺栓拉了回来。

门上还有一把雄伟的挂锁。这把锁令人钦佩。它看上去就像一座小银行。霍克林小姐从裙子口袋里拿出一把粗壮的钥匙。她把钥匙插进锁孔并开始转动，突然之间，一股巨大的撞击声从他们身后传来。

每个人都惊呆了，他们转过身，发现巨人管家已经摊开，超过七英尺超过三百磅——躺在地面上。看起来就像一艘困在大厅里的船。

霍克林小姐沿着大厅朝他奔去。另一个霍克林小姐则如影随形。她们双双跪伏在巨人管家身边。

格里尔和卡梅伦站在原地向下瞅着。他们早就知道管家是卒了，就在两位霍克林小姐从他的尸体里寻找生命的时候。当她们领悟到这一点时，两个人都站了起来。她们的脸庞忽然显得十分镇定。尽管她们像敬爱一位叔叔那样敬爱着摩根先生，但她们眼孔里干涸无泪。

格里尔手中擎着盏灯笼，肩上挂着根步枪，腰带上则卡着一把大手枪。卡梅伦手里握着一把12铅径的短筒霰弹枪。巨人管家命丧在地板上。两个霍克林站在一片寂静中，面不改色，美如海市蜃楼。

“我们现在怎么办，年轻的小姐们?”卡梅伦说。

“杀了妖怪还是葬掉管家?”

死亡观退场

“你知道我真正想做的是什么吗?”霍克林小姐说。

“什么?”卡梅伦说。

“我想大干一场。”

卡梅伦低头看向巨人管家，然后又看向霍克林小姐。

“我也想被干,”另一个霍克林小姐对她的姐姐说,“这是我在前一个钟头里始终挥之不去的念头，要是能被干就太好了。”

格里尔和卡梅伦拿着枪站在那里，而巨人管家独自躺着，连同他的死亡一块儿被人遗忘了。

格里尔深吸了一口气。搞什么名堂?事情还

是一件一件做比较好吧。

“首先，”卡梅伦说，“让我们把尸体弄出这间大厅。你们想把它放在哪儿？”

“好问题，”霍克林小姐说，“我们可以把他放在他的房间里，也可以让他躺在前会客厅里。我不想埋掉他因为我想被肏。我真的真的很想被肏。真不巧我们有个死去的管家需要处理。”

她几乎有点生气——这大块头的管家非要选在此时此地死掉。而且，他就躺在大厅这里就非常妙啊。

“见鬼，这太难想了，”另一位霍克林小姐说，“我们把他在这边留上一会儿，先顾好干与肏的事吧。”

“好吧，至少你不用担心他会去什么别的地方。”卡梅伦说。

所以他们只是把大块头的老管家留在大厅的地板上让他死着，然后带着一支30－40克拉格步枪，一根短筒霰弹枪，一把点三八左轮和一只自动手枪从这儿走掉，前去寻欢做爱了。

二号死亡观退场

格里尔与霍克林小姐做爱时始终想着魔娃。霍克林小姐的身材体态与魔娃在外表上如出一辙，就连她们曼妙的起伏也一模一样。

他们在楼上一间美丽的卧室中做爱。屋子里有很多娇嫩的、对于格里尔而言不太熟悉的女性物品。如果非要吹毛求疵的话，唯一的毛病是它的冷。房间里很冷，因为房子下面有一些冰凉大窟窿。

格里尔和霍克林小姐在一张雍容靡丽的黄铜床和层层叠叠的毯子上面做爱。他们的热情不允许他们把时间荒废在给壁炉添火上。

格里尔在做爱时一直想，这个霍克林小姐究

竟是不是魔娃。有一次他几乎含着魔娃的名字，差点儿就脱口而出了，他想看她是否会答应，但他决定还是不要，因为他知道魔娃已经死了，而且，无论她究竟埋进了哪一具霍克林之躯，说实在都并无大碍。

性爱继谈

云收雨散之后，霍克林小姐轻轻地依偎着他，然后说："你不觉得我们在这上面做爱，死掉的管家躺在大厅里，而我们对此什么都还没做，这事有点怪怪的吗？"

"对哦，是蛮怪。"格里尔说。

"我在想，为什么我们没有对他的尸体做点什么呢？你知道吗，我和我的妹妹真的很喜欢摩根先生。过去的几分钟我一直躺在这儿，惦记他，为什么我们对他的尸体袖手旁观呢。当你敬爱如叔父的家庭管家去世了，躺在大厅的时候，自个儿上楼狂干一通——类似的行为实在不怎么礼貌。甚至是种相当异样的反应吧。"

"你说得对，"格里尔说，"的的确确。"

镜像交谈

在大厅上面的一间卧室里，霍克林小姐和卡梅伦之间也发生了类似的对话。他们刚刚完成了一组十分激烈的性爱，而卡梅伦完全没有想到这个女人是否会是魔娃的事。他真的很享受两人的鱼水之欢，以至于他不允许任何智力活动来遮蔽他的快乐。他用他的思想来做更重要的事情：比如数数。

“我想我们还是得对你们的管家做点什么。”卡梅伦说。

“非常对，”霍克林小姐说，“我完全把他给忘记掉了。他正死在大厅里呢。他摔成一具尸体而我们把他留在那儿，过来这边把屄撑上。这件事彻底被我丢在脑后了。咱们管家死了。他躺在下面。我很疑惑我们怎么就没对他做点什么。”

“我在那儿问过你们是不是想对尸体做点什么，但是你们两个女孩想来这儿被肏，所以我们来了，这就是我们干过的事情。”卡梅伦说。

“你说什么?”霍克林小姐说。

“什么是几个意思?”卡梅伦说。

霍克林小姐非常困惑地躺在卡梅伦身边。她的双眼之间有一道微不可见的小皱纹。她正处于一种惊惶失措的状态，几乎像被轻震了一下。

“是我们提议的吗?”她问，就在她花了一些时间追忆，并试图搞清楚是什么导致她们离开了心爱的死掉的大块头管家的尸体，并一路走到楼上钻入了性爱的怀抱中。

“是……我们……提议的?”她慢吞吞地重复了一遍。

“对，”卡梅伦说，“你们坚持要做。我一开始也觉得有些怪，不过去他妈的，是你们在当家做主。如果你们想要做一做而不是处理死去的管家，那是你们的事情。”

“这就很不寻常了。”霍克林小姐说。

“你们当时就那样，”卡梅伦说，“这可不是那种陈芝麻烂谷子的小事。我的意思是，我从没在一个四仰八叉的死管家房子里干过女人。”

“我简直不敢相信。”霍克林小姐说。这时，她已经把头从卡梅伦那儿转开，并仰着盯向了天花板。

“他死了，”卡梅伦说，“楼下的大厅里面有一号你们的死管家。”

你不回家吗，比尔·贝利，你难道不回家了吗？

与此同时，冰窟上方的实验室里，除了某个影子的移动之外一切都鸦雀无声。这是一片勉强存在于形式有无之间的浊影。有时这枚浊影几乎就要变成一种形式了。浊影会悬停在某种明确的、甚至足以辨认的事物之边缘，但随后它便会漂移到抽象之中。

实验室里充斥着一些奇怪的设备。其中一部分是霍克林教授的发明。死丘里现有许许多多的工作台、数千瓶化学物质，以及一块用于发电的大电池——这些东西对于死丘而言原本是子虚乌有的。

实验室寒冷刺骨。事实上它是结冰的，因为它与下方的冰窟子骨肉相连。

实验室周围有一些铸铁炉，当霍克林姐妹来这边工作时，她们用它为实验室解冻，并试图揭开化学质的奥秘。

尽管这间房里没有正式的灯光，但依旧有一小撮光线从暂时难以确定的地方射来。光必然来自实验室的某处，只不过光源却丝毫无法辨别。

阴翳需要光线才得以立足，它处于物体与抽象之间，正如孩童的精神。

然后光会变成一个明确之地，而浊影则与光线的故乡有关——那是一坛容满了化学质的巨型铅汞水晶罐。

这罐化学质是霍克林教授终身事业的现实和使命。这些化学质在其消失之前被他注入了信仰和精力。而现在，它将由教授的两个女儿来完成——她们正和两个杀手躺在楼上的大床中央，疑惑着，为什么自己会从这具深爱的、新鲜的大块头管家的尸体旁走开，为什么任它被忽略在无人看管的大厅地板上，甚至不加遮掩，使其放任自流地裸露在一边，掉头便去和这些男的做爱了呢。

存在罐中的化学物质是来自世界各地的几百种物质的糅合。其中某些部分很古老，十分难能可贵。内有几匙液体来自公元前三千年的埃及金字塔。

甚至还有南美丛林中的蒸馏物，以及喜马拉雅雪线附近植物的滴状物。

古中国、古罗马和古希腊也贡献了一些值得上进入罐子的物质。巫术和现代科学，乃至最新的探索发现，也为其内容物的充实立下了功劳。据称有些东西甚至从亚特兰蒂斯远道而来。

需要大量的精力和天才——才能在罐中创造过去与现在的和谐。只有一个具备霍克林教授那般的才华与奉献精神的人，才有可能使这些化学物质相濡以沫永结同心。

纵使霍克林教授的早期错误使得他们举家从东部迁走，不过那批败笔已经被冲进马桶，而教授又在死丘另起炉灶了。

随着其化学质实验终极成果的降临，一切都尽在掌控，化学质将赋予全人类一个更加明媚的未来。

然后，霍克林教授通过电池为化学质通电，从而导致了它的突变。一场恶作剧的传染病在实验室登即上演，并迅速蔓延到了楼上，进而影响了整个家园的生活质量。

一开始，教授在实验室某些不可能的地方发现了黑雨伞，它们周围散落着绿色羽毛，还有一次则是一块悬在半空的馅饼，教授甚至还会花很长时间去思索某些微不足道的事情。有次他用了俩小时来琢磨一座冰山。此人一生当中还从未用过一毛钱的时间去惦记什么所谓的冰山。

这种恶作剧导致楼上霍克林女儿们的衣服凭空消失在身体上，还有其他蠢得无可救药的事情等等。

有时候教授会想起他的童年。他会这样一想就是好几个小时，不过之后他根本就不记得自己想了些什么。

某日，一个恐怖的妖怪开始嗥叫，狂敲着把冰窟和实验室隔开的铁门。这个怪物强壮无比，所以它把门摇得铮铮作响。教授和他的女儿们不知所措。他们不敢开门。

翌日，其中一个霍克林女孩下到实验室去，给教授送些午餐。当他在工作上埋头苦干的时候他从来不想上楼吃饭。

由于一种巨大的奉献精神，他继续工作，试图使化学质恢复平衡，而那头妖怪依旧时不时地鬼哭狼嚎，并用尾巴锻打着铁门。

他的女儿发现冰窟的门开着，而教授已经不见了。她走到门畔，朝着窟底深处喊道："爸爸，你在里面吗？出来！"

一个令人悸慄的声音从深洞中探出，一路逡过穴窟的黑暗，朝着敞开的门向霍克林小姐扑面而来。

门被立刻上了锁，而其中一个穿得像印第安人同时也认为自己是印第安人的姐妹去了波特兰，试着找到合格的杀手来杀死一只妖怪——这个杀手还需要足够审慎，因为她们想要在没有公众注意的情况下消除她们父亲所犯的错误，并以一种他所认可的为全人类谋福祉的方式来完成他对化学质的实验。

但他们不知道的是，这只妖怪是化学质当中某种异变后的光缕所创造而成的幻觉，这种光线有能力使它的意志作用在思想和物质上，并改变现实的本质，以适应它淘气的心灵。

光妖依赖化学质作为食物，就像一个未出生的婴儿依赖脐带以获取晚餐。

这种光妖可能会短暂地离开化学质一段时间，不过它必须回到化学质中，以恢复活力和睡眠。化学质就像是光的餐厅与酒店。

光妖可以把自己转化为小的可变的形式，并将浊影作为其伴侣。浊影是种小丑般的变异，它作为一个不快乐的角色完全服从于光妖的调遣。它喜欢时常回忆旧日在化学质统御下的和谐时光，那时霍克林教授也在，还哼着当时的流行歌曲：

你不回家吗，比尔·贝利，你难道不回家了吗？

“你不回家吗，比尔·贝利，你难道不
回家了吗？
她整日呻吟；
我会去做饭的，宝，我会去付房租；
我知道我错怪了你。”

当他向化学质里面点一滴这个斟一滴那个，并对未来满怀憧憬的时候，他鲜少意识到这一点一滴都在使他越发接近为化学质通电的那天——到那时，它会异变陡生并创造出一种鬼怪，而化学质的和谐便会永远丧失，那个精灵魔怪会使得一切邪恶的可能性都降临在他和他可爱的女儿身上。

化学质中的许多内容物对发生的事情不太开心，因为电流通过它们发生变异并造出了恶。

其中一种物质已经设法与化合物的其他部分完全分离出来。这种化学品对最近发生的事件和霍克林教授的失踪尤为不满，因为它非常想要帮助人类，让人们微笑。

这种物质一直在哭哭啼啼，它把自己降到罐子的底部去待着了。

当然，有些物质的本色就是缺德的，臭味相投的它们乐于摆脱教授的睦邻友好政策，在摄政光妖带来的愚蠢恐怖中狂欢。这种光妖，也就是霍克林之妖，给它的主人以及一切靠近它的事物都造成了痛苦。

这种光妖具有无限的可能性，而且因为自己可以使用这些可能性而产生了一种优越感。它的浊影则对这种勾当感到不耻，它只能尾随着光妖，不甘不愿地拖在光妖身后。

每当霍克林之妖离开实验室、飘上楼梯，并像融化的黄油一样滑到把实验室和房子分开的铁门那儿时，这片浊影总感觉自己像要呕吐似的。

要是教授还在，要是那可怕的命运未曾降临到他的身上，那么他应该还在唱：

“我和玛米·奥罗克，

绊倒了璀璨夺目的灯光
在纽约的人行道上”

霍克林管弦乐团

格里尔、卡梅伦和霍克林小妞们还在为自己的行为感到不解，他们把衣服裹回身上，然后聚到了和做爱卧室同一层的音乐室里。

格里尔和卡梅伦把他们的枪摆在一架钢琴上。霍克林小姐下楼煮了点茶，用一只银盘子端上来。他们全部坐在音乐室里，被羽弦琴、小提琴、大提琴、钢琴、鼓以及管风琴等事物所围绕。这间音乐室是一个庞然大物。

为了弄茶，霍克林小姐不得不绕过楼下大厅里大块头管家的尸体。

格里尔和卡梅伦以前从未喝过茶，不过他们决定试试，反正这大黄房子里面发生的事情已经怪到这种地步了，以至于这房子就像是跨坐在被地球的寒牙所深深刺透的冰窟窿上倒吸凉气。所以，管他妈的三七二十一呢。

格里尔和卡梅伦一直想要对大管家的死尸做点什么——一旦他们做完手边对霍克林小妞们活色生香的身体所做的事情，不过这对儿女人坚持大家要先喝完茶，再去着手进行管家的抛尸事项——他的四肢依旧蔓延在大厅里，像座岛屿。

音乐室的壁炉里烧着刚燃的鲜火。

“喜欢你的茶吗?”霍克林小姐说。她坐在格里尔旁边的沙发上，而后者挨着一架竖琴。

“不一样的味道。”格里尔说。

“你觉着呢，卡梅伦?”另一个霍克林小姐说。

“和咖啡完全不像。”卡梅伦说。他数完了房间里的全部乐器：一十八。之后他对更近的那个霍克林小姐说：“你这儿的音乐玩意儿够组个乐团了。”

“我们从没那么想过。”这个霍克林小姐回答。

管家的可能性

“我们要拿管家的尸体怎么办?”卡梅伦问。

“是个问题,”霍克林小姐回答,“我们真的很怀念他。他就像我们的叔叔。大好人,魁梧,又像苍蝇一样温柔。”

“我们为啥不先把他弄出大厅呢。在他周围走动真难。”卡梅伦说。

“不无道理,的确该把他先搬走。”另一个霍克林小姐说。

“为啥不在坐下来喝这玩意儿之前就这么做呢?”卡梅伦轻蔑地看着他那杯茶说。显而易见,卡梅伦可不会被茶歇时光变成一个温和角色。你完全可以说这茶不是他的“菜”。

“我想我们应该将他葬掉。”霍克林小姐想了几秒钟，说。

“如果你想把他埋进地里，那么你必须把他弄出大厅。”卡梅伦说。

“没错。”另一个霍克林小姐说。

“感觉得要一口棺材。”霍克林小姐说。

“两口棺材。”卡梅伦说。

“你们两位先生知道如何打出一口棺材吗?”另一位霍克林小姐说。

“吼吼，”格里尔说，“我们不打棺材，我们填棺材。”

“我想如果我们进镇，然后让镇里的人给我们打口棺材，这会太引人注目。”

“绝对不行。”霍克林小姐回答，并淑女般地啜了一小口茶。

“我们把他种到外面去吧，”格里尔说，“我们只要挖个洞，把他放进去，盖起来就完事了。”

“你不会想要把他埋在房子附近的，”卡梅伦说，“这边的地冻得太死了，如果要在这么硬的地方挖出这么大一个洞的话，我会坏掉的。”

“我们会在冻死的土地外头找个地方掘坑，然后把他从大堂里拽出来，搁进大坑里。”格里尔说。

“一想到我们亲爱的管家摩根先生这样子了，就很难过，”霍克林小姐说，“我知道他多年以来都在挨着日子，而且总有一天他会死，因为我们都知道，死亡是在所难免的，但我从没想过他硕大的身体会带来什么了不得的问题。这是那种你压根连想都不会去想的事情。”

“你不会以为他死后会变成一个小矮人吧，会吗你?”卡梅伦说。

管家的可能性之路

当他们下楼照顾管家时——而这意味着将他带入永恒安息之地——地上的一个洞——他们经过了一个敞着门的房间——里面有张很靓的台球桌。这是一张顶上悬着水晶枝形吊灯的美桌。

格里尔和卡梅伦上楼去干霍克林小妞时，这扇门是关上的。

“瞧，一张台球桌。”卡梅伦拿着把猎枪说。

他暂停下来欣赏这张桌子。“确实是一张好看的台球桌。也许我们可以在埋掉管家和杀掉怪物之后玩上几局球。”

“不错，工作后玩几局台球再好不过了。”格里尔说，他的肩膀上吊着一把 30－40 的克拉格，而皮带里卡着一把全自动手枪。

“那也是一座靓灯。”卡梅伦看着枝形吊灯，说。

房间被窗外的日光照亮了。窗户中透出的光晕汇入枝形吊灯，反射出台球桌上精致的绿色花朵。

但毕竟还有另一缕光线存身于玻璃阵列之内，这樽玻璃就像桌上的一座错综复杂的花园。光妖在细碎的玻璃之中微妙地移动着，后面则尾随着一片笨手笨脚的、孩子般的浊影。

一时间，格里尔以为他看到枝形吊灯里有什么东西在动。他从台球桌上抬起眼神，看向了吊灯，并且非常肯定那里有道光线正在水晶薄片上游移。这道光的后面还跟着一个畏手畏脚的暗动作。

他好奇是什么因素导致这片光芒在水晶吊灯里浮动。没有一片水晶在动。它们自身全然静止。

“吊灯里有道光在动，”说着，他走进房间去查看，“它肯定是在反射外边儿的一些东西。”

他凑近了一扇窗户并向外看。他看见房子周围的冰霜向外旋了一百码，不过随着夏日占领着草地和远处的死丘，这些冰霜的步子停下了。

格里尔看不见任何在外头动着的东西能让吊灯里面反射出光线。他一转过身来，这缕光便消失了。

“它现在没了，”他说，“真稀奇。外头没有任何能够引起这个的东西。”

“为什么要把注意力放在一个区区的反射上呢?”霍克林小姐说，“我们有个死掉的管家躺在大厅里。让我们把那事儿解决了吧。”

“只不过好奇而已，”格里尔说，“我之所以还活着的唯一原因，就是我的好奇心。小心驶得万年船。”

他又瞄了眼枝形吊灯，不过那缕异光早就无影无踪了。他不知道光妖藏在台球桌上，靠近一个侧边的洞袋，那里还匿着道浊影。

“那道光似乎有些熟悉，”格里尔说，“我以前在什么地方见过它。”

光妖与浊影都屏住了呼吸，等着格里尔从房间走掉。

惊了

当他们走下螺旋楼梯来到房子的一层时，霍克林小姐对她的姐妹说："就在刚刚，发生了一件最稀奇的事情。"

"什么事?"

"真的很怪。"她说。

"嗯，不过是什么事呢?"

格里尔和卡梅伦正跟在霍克林姐妹花后面。她们的步态十分优雅，以至于格里尔和卡梅伦几乎要被迷晕了。姐妹俩没有在楼梯上发出任何声音。她们的移动方式就像两只鸟在风中轻缓地滑行。

她们的声音微妙地缀饰在空气中，仿佛孔雀

羽毛扇那渺无影踪的拂动。

“我发现我的衣橱里挂着几件印第安衣服。不过我没有把它们放在那里，”霍克林小姐说，“你有任何印象它们是从哪儿来的吗？”

“没有，”她的姐妹说，“我从没在这里见过任何印第安衣服。”

“真是跷蹊，”霍克林小姐说，“甚至是我的码。”

“真想知道它们从何而来。”另一位霍克林小姐说。

“这边总在发生很多稀奇古怪的事情。”霍克林小姐回应道。

格里尔和卡梅伦面面相觑，这下他们有别的事情要去顾虑了。

管家的结论

当他们终于抵达管家的尸体时，有个令人大吃一惊的景象正等着他们。其中一个霍克林小姐把手举到嘴上，好像正在抑制一声尖叫。另一个霍克林小姐则突然苍白得像只幽灵。格里尔叹了一口气。卡梅伦把他的一根手指捅进耳朵挠了挠。“俑，接下来怎么办?”他说。

之后他们站在那里，定定地端详管家的尸体。他们端详了很久。

“好吧，”格里尔终于开腔了，“起码现在埋他变得更容易了。”

躺在他们面前的是管家的尸体，但它只有三十一英寸长，不足五十磅重。那副巨大的管家尸体已经变成了一具小矮人的尸体。它差不多被埋在了巨大的衣服褶里。裤腿几乎空着，而外套像个帐篷般裹在管家的尸首周围。

在一大堆衣服尽头，有个小脑袋从衬衫中顶了出来。衬衫的衣领像圆环一样绕着这只头颅。

管家的表情早就万事俱休，就像老话说的，驾鹤西游了。他从巨人缩成矮人的时候，表情也一直没变，不过当然的，还是要小很多了。

摩根先生，愿灵安息

这确实让埋葬管家变得容易了。就在格里尔克服着霜冻的影响在房子外面挖了个小坟墓时，霍克林小姐上楼拿了一只手提箱。

照印

葬礼之后，众人在小巧玲珑的坟墓和一丁点大的十字架前表达了丧亲之痛，随后回到屋内，聚集在一间会客室里。

格里尔和卡梅伦没再带枪了。他们把枪支放回了长长的窄箱里，就立在象脚伞桶后边儿。他们只有在用枪时才会带枪。其他时间枪就留在箱子里。

卡梅伦往火里投了一些煤。

两个霍克林小姐并排坐在同一张爱的座椅上。而格里尔坐进了她们对面的一张超大安乐椅，每个扶手的末端都刻着一只熊头。

帮着添火以后，卡梅伦站在了炉火边，面朝

着房间以及与他同时代人的那些不安的眼睛。他瞅了瞅桌子，上面有一些水晶的细颈盛酒瓶和精致的长颈玻璃杯，它们相依相伴地竖在一个银盘里。

“我感觉我们得喝点儿。”他说。

霍克林小姐从爱的座椅上起身，走向桌子，把酒杯装满他们马上要喝的雪莉酒。

她回到了爱之座上姐姐的旁边，每个人都和卡梅伦提这个建议之前一模一样，除了他们手里拿着的酒杯。

这是一门精密炮制的学问，类似于分批照印同一张相片，只不过其中一张相片里富余了几杯雪莉酒。

又是魔娃

“我想问你们俩姑娘一个问题。”格里尔说，不过他首先抿了一小口他那杯雪莉酒。房间的每个人都看着他小心翼翼地抿了那口酒。吞下去之前，他把酒在嘴里放了一会儿。“你们俩有谁听过魔娃这个名字吗?”他说。

“没有。”霍克林小姐说。

“这名字不太熟，”另一个霍克林小姐呼应道，“不过它倒是个有趣的名字。听起来像一个印第安名字。”

她们两个看上去都很困惑。

“我也是这么想的。”格里尔一边说，一边看向站在壁炉边的卡梅伦。本世纪初，一片霜结的苦寒之地里，煤块沉默灼烧，烟雾钻出这座巨大的黄色房栋，直到冲上霄宇。

格里尔看着卡梅伦，突然注意到部分火体没有烧着，火柱上边儿的部分烟霾甚至不升了，只是盘旋在一种颜色稍有不同却并没能燃烧的火焰上头。

他想起了台球室的枝形吊灯里面那处怪异的反射。不烧的火就像那处反射。

他的视线从卡梅伦移回了霍克林姐妹身上，她们紧贴着彼此，古板地坐在那张爱的座椅上。“谁是魔娃，和我们有什么关系？”霍克林小姐说。

“那没事了。”格里尔说。

说回怪物

“我想我们该考虑考虑去地下室杀妖怪的事了，”卡梅伦提议，然而霍克林女儿们什么也没说，“我们在这儿待了一整天，居然都没沾上点边呢。事情也太多了。我想把那只劳什子妖怪从视线里除掉，所以我们可以开始干点别的了，因为，这里肯定他妈的还有点别的事情可以动手去干。你觉得呢，格里尔？是时候去杀点小魔小怪了？”

格里尔漫不经心地看着卡梅伦，然而同时他也为壁炉的景象神摇目夺。止燃的火与无波的烟都消失了，它现在是一团拨乱反正的火了。他的目光又重新回到霍克林女儿的身上，但他也并行不悖地环视着这个房间，优哉游哉，却一丝不苟。

“你听到我说的话了吗?”卡梅伦说。

“嗯，我听见了。”格里尔说。

“嗯，那你觉得怎么样? 杀点小魔小怪去?”

霍克林姐妹戴着一模一样的珍珠项链。这些项链优雅地飘动在她们的脖颈上。

尽管其中一些珍珠要比其余的更为透亮，并且，拂荡在颈项上的那些鬓发似乎也比其余头发更为深邃。

“没错，我们得抽出时间去杀死这个妖怪，”格里尔说，“这是我们来这儿的目的。”

“对，我觉得这才是我们该做的，”卡梅伦说，“然后，看看这儿的疯癫事情究竟是什么造成的。我这辈子从没见过有人被埋在一个手提箱里。”

落日时分之间

当太阳剥离死丘、东俄勒冈和美国西部其余所有地区的时候，这栋房子在冰霜上曳出了绵延长影，格里尔在这最后时分向霍克林女儿们吐露出他的疑问。

“所以你们从没见过这只祸害吗?”格里尔对霍克林小姐说。

“没有，我们只是听到它在冰窟里凶嚎，还有捶打实验室和洞窟之间那个铁锁门的声音。它能摇动铁门，肯定很壮。这扇门也很厚。纯铁打造。”

“你们从没见过它?”

“从未。”

“自从你们的父亲消失以后，这门就始终锁着?”

“对。”霍克林小姐回答。

霍克林小姐喉咙处的珍珠在暮光中绽出更强烈的光彩，几乎接近钻石的质地。格里尔看见她们头发的黑色之中出现了一个动作。就好像她们的发丝动了，但实际上没有。她们的发绺上有什么东西变易了。格里尔沉思了一秒钟。随后他意识到，是她们头发上的颜色发生了位移。

“而且你们偶尔听到嚎声?”

“是的，我们能在房子里的任何地方听见，还有擂铁门的声音。”霍克林小姐说。

“多久一次?”

“几乎每一天。”霍克林小姐说。

“我们什么也没听到。”格里尔说。

“有时候是这样的，”另一个霍克林小姐说，“你们怎么这么多问题？我们已经把知道的一切都告诉你们了，而现在我们又在告诉你们了。”

“是啊，”卡梅伦说，“我想把那块狗日的绊脚石一脚踢开。”

“OK,”格里尔说，“让我们杀了这个畜生吧，”他一边说，一边让他的视线随意地掠过霍克林姐妹喉咙上的项链。

项链们正向他回望。

以何作数

此刻，太阳业已西沉，幽微的暮光在山景中不断迭代着自己。尽管每个人都对猎妖做好了准备，可是他们也很饿。很快，这饥饿把他们完全占据了，杀妖怪的事就被推到了晚餐之后。霍克林女儿们返回厨房备餐，而格里尔和卡梅伦就待在前厅。

霍克林姐妹离开时，奇异的光缕栖息在珍珠上，黑流仍旧在她们的发穗中移转着。她们不知不觉中将它送到了厨房，不过这正合格里尔的意，他恰好想和卡梅伦说说这个事。

格里尔开始告诉卡梅伦他看到的一切，不过

后者打断了他："我知道。我一直在看着它们。我看到它们在管家尸体旁边，就在它们把他变成侏儒以后。它们刚刚还在铲子上，在你挖土堆坟的时候，而且，就在我干完其中一个霍克林，正穿衣服的时候，我就已经看见它们了。"

"那你在台球桌上面的吊灯里看见它们了吗?"格里尔问。

"呵呵，肯定啊。不过我希望你当时没有那么明显地走近去找它们。我不想让它们紧张，也不想让它们知道我们知道它们。"

"你在房间里看到它们了吗?"格里尔问。

"那是当然。在火里。不然你觉得我当时为啥站那儿？因为我想要个焦屁股吗？我想的是细瞧一下。现在它们和霍克林小妞们一块儿溜了，所以你怎么想？我知道我怎么想的。我想我们不用下到窟子里去找那个死妖怪了。我觉得我们只用挪几步，走到地下室，去见识见识那个发癫父亲搞出来的那些发癫的化学质就行了。"

格里尔对卡梅伦笑了。

“你偶尔会令我惊讶，”格里尔说，“我完全不知道你还会管这个。”

“我数了很多人们无须去数的事情，”卡梅伦说，“因为我就是这么个人。不过，一切需要被数个清楚的事情，我敢说我都会数到的。”

不过晚餐先行，随后才是霍克林之妖

格里尔和卡梅伦决定先吃晚饭，再去搞定实验室里的化学质，然后一股脑找出那些造出霍克林之妖的玩意儿。

“我们就像去冰窟那样操作就完事了，不管来什么都统统轰掉，不过如果我们下到地下室的时候遇见了有意思的事情，像化学质那样的，我们就崩了它，”卡梅伦说，“但首先，让我们享用一顿丰盛的晚餐，坚决甭管什么光和什么影子副手。”

“OK，”格里尔说，“你把这事板上钉钉了。”

之后霍克林姐妹们进了房间。她们换了裙子。

如今姐妹花身着低领的长裙，这释放了她们年轻妩媚的娇乳。两人都有纤细的腰肢，这裙子把她们的魔力施展得淋漓尽致。

“晚餐好了，你们两个饥火中烧的妖怪杀手！”

霍克林女孩们对格里尔和卡梅伦微笑着。

“杀怪需要养精蓄锐。”

格里尔和卡梅伦回以微笑。

同一串项链依旧贴在霍克林姐妹的喉咙上，光妖和浊影还蛰伏在那里。项链上的光线看起来很惬意，而那片可以移动的朦胧深色，现在则在她们飘逸的长发上小憩着。

起码霍克林妖精品味不俗，格里尔心想。

清点霍克林之妖

晚餐时，格里尔和卡梅伦漫不经心地看着霍克林姐妹颈子和头发上的霍克林之妖。

妖怪在他们进餐时显得很随意。项链上的光减弱了，姐妹们头发上的颜色纹风不动，几乎褪质成了她们发丝的自然颜色。

晚餐是牛排土豆饼干配肉汁。一顿典型的东俄勒冈食物，格里尔和卡梅伦十分热衷于吃掉它们。

格里尔坐在那里思考妖怪的事，他想到，这居然还是他们从比利谷仓醒来的同一天。目前为止源源不断释放出来的所有事情都回到了他的脑海中。

这无疑是漫长的一天，而它的余额甚至更加前程似锦：一连串目不暇接的事件——使得他和卡梅伦试着去夺命霍克林之妖，并努力抹除它身上的怪奇力量。而这个妖怪呢——现在就坐在他们桌子对面，他们呢——盯着两个美女喉咙上的两条项链，两位美女呢——正毫无怀疑地笃信着她们的宝贝珠宝。

卡梅伦正在清点房间里的随机事物。他数着桌上的东西：盘、银器、碟子，等等……二十八，二十九，三十，等等。

不过是举手之劳。

随即他数起了蜷缩着霍克林之妖的珍珠个数：……五，六，等等。

肉汁里的霍克林之妖

晚餐将尽时，霍克林之妖离开了项链，跳上桌。它将自己浓缩在桌上一大碗肉汁中的钢勺里。妖怪的浊影躺在肉汁上，并假装自己是肉汁。

对于一块浊影而言，它是很难假装自己是肉汁的。不过它超级努力地表演着，甚至有点如愿以偿了。

卡梅伦被那只上桌的妖怪逗乐了，他明白影子要假装肉汁是多么困难。

"果然好汁。"格里尔对卡梅伦说。

"没毛病。"卡梅伦看着格里尔，说。

"你俩想多来点肉汁吗?"霍克林小姐说。

"当然好了，"格里尔说，"你怎么说，卡梅伦，添点儿汁?”

霍克林妖怪的浊影尽可能扁平地躺在肉汁上。而妖怪本身在勺里并不舒服，因为勺子反射在它身上的光线比平时要多一点。

“不知道。我已经很饱了。不过……”卡梅伦把他的手放在勺上，他正在抚摸霍克林之妖。而勺子尽管浸在热汤里，却是冷的。

卡梅伦闲闲悠悠地想着究竟如何才能搞死这只妖怪，不过他对于杀死一只勺子这件事终究还是无计可施，所以他只是用霍克林妖怪在土豆上多浇了点肉汁。

这只妖怪履行且圆满了一只勺子的功能。当卡梅伦把肉汁舀出碗的时候，那泡浊影喷出勺子，并非常尴尬地掉回了碗里。

浊影很难受，几乎是汗流浃背。

卡梅伦把勺子放回碗里，这使浊影又开始局促不安，它已到了恐慌的边缘。

“你怎么样，格里尔？想再吃吃这样的好肉汁儿吗?”

霍克林姐妹很高兴她们的肉汁如此引人入胜。

“不了，卡梅伦。确实是好，不过我太撑，”格里尔说，“我想就坐在这儿，看你细品。我喜欢看一个人津津有味地吃他的东西。”

浊影感到翻肠掏肚，几欲作呕。

客厅时光卷土重来

晚餐结束后，他们把霍克林小妖留在肉汤里，让它像根勺子似的荡着，然后他们回到了前厅。客厅的墙上有一幅硕大的裸女画。

格里尔和卡梅伦打量着这幅画。

霍克林之妖没有跟着他们进客厅。它下到实验室里，进化学质里歇上一会儿。它好累。它的浊影也好累。对于它们而言，这顿晚餐实在太久了。

“我们的父亲喜欢裸体女性。”霍克林小姐说。

霍克林姐妹端来了法国白兰地和咖啡，她们现在看起来甚至更美了，如果还有这可能的话。

格里尔和卡梅伦瞄瞄这张裸女画，又瞄瞄霍

克林姐妹花，眼神一个劲地在两者间往返，后者明白他们在干吗不过她们假装不知情。她们原本可以另选一个客厅的。她们对现在的状况兴奋不已。不过，她们表现这种兴奋的唯一方式只是稍显急促的呼吸。

“真是一幅够瞧的画。”卡梅伦说。

姐妹们没有回答他。

她们对此报以微笑。

冲着这幅裸体画和霍克林女儿们的美丽想入非非时，为找那只妖怪，格里尔和卡梅伦小心翼翼地巡游了整个房间，不过它不在这里。

他们喝了几杯咖啡以及几杯法国白兰地，等着看这妖怪是否会回来，可惜它并没有回来。而他们对霍克林美人图的陶醉又情难自禁地增多了一些。

“这幅画谁画的?”卡梅伦说。

“几年前在法国画的。”霍克林小姐说。

“不论谁画的，这人确实会画。”卡梅伦盯着刚刚回答他的那个霍克林说。她喜欢卡梅伦盯着她的样子。

“确实，这位艺术家很有名。”

“你见过他吗?”

“没有，他在我出生前几年就死了。”

“太遗憾了。”卡梅伦说。

“对吧?”霍克林小姐说。

浊影独白

霍克林之妖已经回到了实验室的化学罐里。它们躺在那儿歇歇脚……奇怪的光截面没有再动。这些化学质是霍克林教授漫长艰苦的工作，是能量之源，人类之复兴和霍克林之妖疲倦的时候睡觉的地方，而就在妖怪睡觉的时候，化学质恢复了它的能量。

霍克林之妖的浊影就睡在它附近。浊影在做梦。它梦见自己就是妖怪而妖怪就是它自己。对于浊影而言，这是个相当愉快的美梦。

浊影喜欢不再当影子而是自己变成妖怪这个主意。它讨厌无时无刻不在偷偷摸摸。这让浊影感到焦虑和不快。它经常诅咒自己的命运，它多希望化学质能掷出更好的上帝之骰啊。

在梦中，浊影是坐在某霍克林姐妹手镯上的霍克林之妖。它在梦里很开心，还试图明亮她的手镯来取悦她。

它与光妖道不同不相为谋，也为光妖给霍克林姐妹弄出来的糗事感到羞耻，浊影不明白光妖为什么要做下这些勾当。如果命运被逆转，浊影成了妖怪，这座房子的一切都将截然不同。残酷的笑话将会终结，而妖怪的能量将被加以善用——用于发掘和实施霍克林姐妹的新志趣。

浊影很中意她们，它讨厌自己成为妖怪幽默的一部分，只希望霍克林姐妹得到快乐美好的时光，它绝不会像妖怪一样，热衷于在她们的身心上搞绑架、找乐子。

浊影也对妖怪对付霍克林教授的做法嗤之以鼻。它认为妖怪应该忠于他，而不是对他犯下这种魔鬼般的恶行。

须臾间，浊影的手镯梦散去了，它像被一棒子给打醒了。低头注视着酣睡在化学质里的霍克林之妖，浊影破天荒地意识到自己有多么仇恨这只妖怪，开始竭力思索究竟怎样才能结束它的邪恶存在，吸收掉化学质的能量，并使它们变得好起来。

光妖为整日的恶行所累，毫无防备地沉睡在化学罐子里。它太累了，以至于它在化学质里响鼾。

与此同时，让我们回到客厅

将近午夜时分。一台维多利亚时代的钟将 20 世纪的时间推向 12 点。它一边蚕食着 1902 年的 7 月 13 日，一边嘀嗒轰鸣，有条不紊。

格里尔和卡梅伦再度对客厅进行检查，他们从容不迫却又滴水不漏，他们想知道霍克林之妖是否回来了，它没有。

他们当然不知道它睡了，正在实验室里一个装满化学质的罐子里打鼾。目前为止，所有人都很安全。

确认这个妖怪不在附近后，格里尔对卡梅伦说："我想是时候告诉她们了。"

"告诉我们什么?"霍克林小姐说。

“关于妖怪的事。”格里尔说。

“它怎样?”霍克林小姐说。

而她的姐妹，把注意力从手中的热咖啡上腾出来，放到了格里尔的下一句话上。

格里尔搜肠刮肚地寻找合适的词语，以及一个简单的、合乎逻辑的顺序，用以组织这些词语。他停顿了一会儿，因为他马上要说出的话实在是太棒了，以至于很难找到一种简约的方式来表述它。不过，恰如其分的话语终究还是不请自来了。

“那妖怪不在下面的冰窟里，”格里尔说，“它就在这房子里。它今天到处都是。它在你脖子上坐了好几个小时。”

“什么?”霍克林小姐不可思议地说。

她的姐妹放下了她那杯咖啡。

她俩现在都处于一种滑稽的震惊状态。

“这妖怪是某种四处乱窜的诡异光线，后头跟着一只傻乎乎的影子，”格里尔说，“我不知道它到底是怎么运作的，不过它确实运作着，而我们要摧毁它。我们不觉得冰窟里有什么需要去杀的东西。这光有能力思考以及改变事物，而且它能钻到人的脑子里面搞东搞西。你们俩注意到了那道光线，或者说，那条狗一样跟着它的影子了吗?”

霍克林姐妹什么都没说。她们转过身来凝视着彼此。

“嗯?”格里尔问。

终于，其中一个霍克林开口了，“是某种四处乱窜的诡异光线，后头跟着一只傻乎乎的影子?”她说。

“是的啊，依我们看它简直无孔不入，”格里尔说，“它一直跟着我们移动，追踪着我们。今晚很长一段时间里，它就待在你们的项链上。前一会儿它离开了，此后就没再回来。”

“你所描述的是化学质的特性之一，”霍克林小姐说，“罐子里有一绺诡异的光，边上还有种尴尬的、转悠着的暗影，光走的时候它就跟着走。这光就是化学质的进化体。父亲消失前告诉我们，光最终会变成造福全人类的东西。”

“我们需要更多的化学品来完成这个飞跃，这都是我们可怜的管家从布鲁克斯带回来的。你们一杀死这妖怪我们就立马去完成实验。”另一位霍克林小姐说。

“换我，我不会去完成任何东西，”格里尔说，“我认为你们该把那批东西扔出去然后重头来过。你们那下头有东西已经失控了。我认为这些东西杀了你们的管家，并应该为你们父亲的死负责，而且它还把你们其中一个女孩变成了印第安人，也把我们的脑子肏坏了。”

霍克林姐妹俩谛视着他们，沉浸在深深的默然中。

“让我们下去把那罐屄玩意儿扔了，然后睡个好觉呗，”卡梅伦说，“我可以忍到这一步。我从来没埋过小矮人所以我累了。今天够他妈操蛋了，老子屌都要掉了。”

“化学质是我们父亲的毕生杰作，”霍克林小姐绝望地打破了沉默，“他把自己的一生都献给了化学质。”

“我们知道，”卡梅伦说，“而且我们认为那些死妈的药已经反手把他给薅住了。农夫与蛇，可以这么说。你看见它们对你们管家做的了。把他杀了然后还把尸体变成了矮猪。只有魔鬼才知道那狗日玩意儿接下去会干吗。我们必须把它扔出去，在它把我们都变成死侏儒以前。可没人会把我们埋在一堆手提箱里。”

与此同时，让我们回到罐中

霍克林之妖，化学质罐子里的一缕光，像一个睡着的人那样慢腾腾地翻了过来，又悠悠地翻了回去。

他妈的，浊影想着，它也慢腾腾地翻了过来，又悠悠地翻了回去。

妖怪在睡梦中很不舒服，它又像一个苏醒边缘的人那样开始翻身了，他妈的，浊影又翻了一遍身，心想。

霍克林之妖寝不安席。也许它正在做噩梦，或是有了一个预感。它又再次翻了身，他妈的。

一个男人的工作化作空无

“你的意思是，要我们毁了爸爸一辈子的事业吗?”霍克林小姐说。

“是的，”卡梅伦说，“要么这样，要么让它毁了你。”

“肯定还有别的招，”另一个霍克林小姐说，“我们就是不可能让他二十年的工作付之一炬啊。”

那是午夜前的一分钟。霍克林小姐站起来，并在火里添了一块煤。另一个霍克林小姐又给格里尔添了些咖啡。她把它从银质的咖啡壶里倒了出来。

当霍克林小姐考虑接下来要怎么做的时候，一切都暂停了。对于她们而言这是个重磅的决定。

“别忘了，我们觉得，你爸就是被那个狗东西搞死的。”格里尔说，同时，钟声敲响了午夜报时，并把世界变成了1902年的7月14日。

“四。”卡梅伦说。

“再给我们几分钟吧，”霍克林小姐说，焦急地望着她的妹妹，“只要再多几分钟。我们得做出正确的决定。定了就定了，定了就不能改了。”

“OK。”格里尔说。

“十二。”卡梅伦说。

醒转

霍克林之妖继续在化学质当中来回翻搅。现在它几乎醒了。当妖怪盘旋在苏醒边缘时，浊影叹了口气。浊影害怕再次成为光妖下个伎俩的一部分。它不认同妖怪愚弄霍克林女儿们的方式，让她们做出一些完全不符合自己个性的事情。浊影觉得，把其中一个霍克林女儿变成一个印第安人，是桩恶心无比的鬼把戏。

光妖的下一个举动是无从得知的。对它而言什么都不为过，当然，它那黑暗的创新能力几乎才给掘开了一个头。

光妖，也就是妖怪，正持续地在化学质里颠来倒去，而清醒正像冰雪暴似的向它劈来。

浊影又叹了口气。

他妈的。

突然，怪物醒转了。它停止了蠕动，十分安静地躺在化学质里。它俯看着浊影。影子则无助地退却着，对它的命运言听计从。

光妖把眼神从浊影上挪开。它环视整个房间。这光现在很焦躁。它继续环顾四周，仍然有点困，不过很快就充满了活力。光妖感觉有什么东西在威胁自己，但它不知道是什么。

不久之后，它就将完全掌控自己的力量了。

霍克林之妖感觉到，有什么东西很不对劲。

影子注视着它紧张的主人。

妖怪的思想就像初冬暴风雪里的一棵树，它正抖落睡眠的叶片。

浊影希望霍克林之妖死掉，尽管自己可能不得不随着它一同落幕。

任何事情都要比同霍克林之妖合作，以及做那所有的毒恶之事来得更好。

浊影回想起了化学质的前几个阶段，还有它

当初是多么激动于自己能被霍克林教授创造出来。那时候，光是仁慈的，几乎被初诞的亢奋搞得头晕眼花。全人类原本有着有互助与喜乐的未来。然后，光的态度污坏了，它向霍克林教授隐瞒了自己的人格变质。

光妖开始搞一些恶作剧，而教授忽略了它们，并将其当作意外。要么东西摔落，不然就是被变成别的事物，于是教授以为他犯了错，或者误贴了标签，随之，光线发觉它可以离开罐子四处游荡，当然无辜的浊影被迫跟随，成了恶作剧的参与—观察者，劣迹渐渐滋生，它们势如破竹，直至成为恶行。

一段时间之后，霍克林教授知道化学质出了岔子，但每当妖怪对他做了可怕的事情，他总觉得自己还能纠正化学质的平衡并完成实验，从而兑现全世界人道主义的可能性。

然而这永远不会成立，因为有一天下午，当教授在楼上研究一个新配比时，光妖终究对他施以了史上最残酷的恶作剧。

一想到这个，浊影便不寒而栗。

光妖终于醒来，知道了楼上那些人的严重威胁，而它最好现在就铲除这个威胁。

光妖从化学质中爬出来，在罐缘上稳住身形，准备离开，浊影也不情不愿地跟随着它。

决断

“行吧。”霍克林小姐终究回答道。

她的姐妹点头认可。

“这是个艰难的决定，但这是唯一的法子，”霍克林小姐说，“我很抱歉这发生在父亲的毕生事业上，但有些事情确实更加重要。”

“说得对，比方说我们的命。”卡梅伦打断道。他已经不耐烦了。他想现在就下楼把那罐东西丢出去，然后今晚睡在其中某个霍克林女孩身边。他怠惰了。这是度秒如年的一天。

“我们有化学质的配方，”霍克林小姐说，“或许我们可以重头再来，或者把它给那些可能有兴趣的人。”

“我不知道，”另一个霍克林小姐说，“我对整件事有点厌了，所以我们现在别聊以后了。我们就把这些东西倒掉然后睡一会儿。我累。”

“你的话正中我下怀。”卡梅伦说。

楼上

妖怪从罐缘上飘了下来，滑过实验室，并降落在通往房子的楼梯底阶上。

浊影蠢笨地跟在它后面，比房间里的黑暗更为暗黑，比完全的寂静更为静寂，它独自存在于侍奉邪恶的悲剧之中。

然后，霍克林之妖像瀑布逆流似的冲上了楼梯。移动时，它闪耀着，并反射出光芒。浊影紧随其后，这是一种不情愿的暗的补充。霍克林之妖在实验室门下透出的空间的幽光前止步了。

它还在等一些事情的发生。光妖的光线在自己的感知中，几乎已经如外科手术般准确了。它从门缝一直看入大厅。

妖怪预感到某些事情即将发生。

浊影就在霍克林之妖后面等着。它希望自己也能在门缝下面看到点什么，可是，呃，它这辈子只能当个跟屁虫了，所以它让自己精密地粘在了霍克林之妖的屁眼上。

威士忌

每一个人都离开了客厅，下楼去把霍克林之妖从罐子里倒出来。不过就在他们抵达那扇门，而且其中一个霍克林女儿正将手放在门把上的时候，卡梅伦说：“稍微等会儿。我想给自己来点儿威士忌。”他走到桌子那边，酒被放在千姿百态的雕花玻璃容器里。

他停顿了一下，想知道哪瓶里面是威士忌。然后其中一个霍克林姐妹说：“是那瓶蓝塞子的。”

那个霍克林小姐掌着一盏灯。

卡梅伦拿了一个玻璃杯，给自己倒了大半杯威士忌。格里尔觉得这很奇葩，因为卡梅伦从不在工作前沾一滴酒，尤其这个工作还是去杀死一只妖怪。

卡梅伦把一杯威士忌举到他的鼻子前。“这东西闻起来特别棒。”

格里尔只顾着要杀妖怪，却未能注意到卡梅伦尽管给自己倒了一大杯威士忌，但却没有从里边儿喝上一口。他们离开房间时，卡梅伦手里还拿着玻璃杯。

找个容器

然后，一扇通向大厅会客室的门豁开了，一个霍克林女儿走进大厅，后面跟着她的姐妹、格里尔以及手持一杯威士忌的卡梅伦。

浊影无法透过霍克林之妖看东西，不过它听见门打开，人们走进了大厅。它想知道究竟发生了什么，为什么妖怪现在突然对人类如此感兴趣了。然后，浊影耸了耸肩。继续这种思路其实挺没用的，因为它对此无能为力。浊影只能跟着它讨厌的霍克林妖怪。

霍克林之妖打量着他们从大厅下来，向实验室的门走去。它等着，思索着接下来将要采取的行动。它试图变成一樽容器，一个能够盛放它的魔法和咒语的形状，并使容器发作在那些威胁到它存在的人身上。

而浊影现在已经放弃去试图弄清发生了什么。它再也不鸟这些事了。

杀掉罐子

“你觉得咱们需要一把枪吗?” 格里尔对卡梅伦说。

没有回答。

格里尔认为也许卡梅伦没有听到，所以他把问题重复了一遍。

“为了杀掉一只罐子?” 卡梅伦说。

霍克林女儿们笑了。

格里尔没有被戳中笑点。他也没有注意到卡梅伦手里还拿着一杯威士忌。对于同霍克林之妖直接发生对抗的景象，格里尔感到异常兴奋。

卡梅伦持着那杯威士忌就像拿着把手枪一样。他松弛而专业，等待着进行高效射击，却又不给人造成任何威胁的印象。

就连实验室门缝下面睁着眼的妖怪也未曾注意到卡梅伦指缝中的那杯威士忌。

霍克林之妖现在制订了一个计划来处理它的生命威胁。这妖怪为自己的狡猾笑了。它对这个计划爱不释手，因为这法子太丧心病狂了。

光妖冷不防地往后挪了下屁股，并朝着实验室的地板动了一步，这下子可把毫无防备的浊影往后捽了两步。

肏！浊影试图恢复一些它所不存有的尊严，以便继续跟着妖怪办事，因为，这就是身为浊影的本分。

象脚伞桶

就在他们走下大厅时，他们经过了象脚伞桶，卡梅伦不得不去数桶子里的雨伞。

……七，八，九。

九把伞。

霍克林小姐在伞桶旁停了下来。它有些地方看上去非常熟悉，不过她搞不明白具体是什么。某些地方就是眼熟。她在想那究竟是什么。

“咋了?”格里尔问。

霍克林小姐在那儿站了几秒，不过又比几秒要长，她没有注意到这一点，因为她完全迷乱在好奇心里了。

她把终结霍克林之妖的可能性给延迟了。

“这个象脚伞桶好眼熟，”她引导她的姐妹说，“你觉得眼熟吗？”

这位姐妹，同样是霍克林小姐，瞧了它一眼。霎时间，她的目光也热了起来。“对，它很面善，不过我不知道它究竟为什么面善。它几乎让我想起了一个人，虽然我不太清楚是谁。不过绝对是我见过的一个人。”

格里尔和卡梅伦彼此瞅了一眼，然后小心翼翼地环视大厅。他们在找那个妖怪，但他们没有见到它。在这场关于象脚伞桶的对话中，藏着妖怪会做的那种事情的一切记号。

不过妖怪无迹可寻，所以他们在心里把霍克林姐妹的聚精会神放在一边，只当是怪癖。

“它绝对让我想到了某个人。”霍克林小姐说。

“你为啥不在我们解决妖怪之后再来想这个问题呢？事后你还会有很多时间来搞清楚那个人是谁。”卡梅伦说。

4/4拍的霍克林之妖

霍克林之妖从楼梯退回到实验室，惹出了一绺流动的闪光，就像一股不虔诚的瀑布。还把一个混乱无能的影子弄得在前头横冲直撞起来。

霍克林之妖现在非常胸有成竹了。它知道如何应付局面，并对自己法力的果实望眼欲穿。

霍克林之妖为格里尔、卡梅伦和霍克林女儿们设想了一个魔鬼般的命运。它认为这个计划是它所策划出的最棒的事情之一。是恶搞与狠毒的珠联璧合。

战略性地后退到实验室时，霍克林之妖几乎笑出了声，而它的浊影则以一种贬损的、可笑的方式笨拙地爬行，愚蠢地翻滚着，并试图敷衍地完成作为一枚影子的任务。

霍克林之妖沿着楼梯逐级淌下，陶醉在妖定胜天的自信中。何惧之有呢？难不成它没有把物体变作乐子，把思想弄成糨糊的才华吗？

爹地

霍克林小姐打开通往实验室的铁门。当时，她拉开两个螺栓，从口袋里掏出钥匙，很快就松出了巨大的挂锁。开门的整个过程中，她都为那个大象脚的伞桶魂牵梦萦，试图搞懂它究竟让自己想起了什么人。对那个人的认知始终围绕在她心畔。

她把门上的第一个螺栓拉了出来。这有点难，所以她不得不使出一身力气。

那个伞桶确实太眼熟了。

谁呢？

她把第二个螺栓拉出来。它的回弹比第一个要轻松得多。她几乎没怎么拉它。

“就在我压根不知道那是个伞桶的时候，我曾见过那个伞桶数千遍”，她心想，“但它居然是某个我知道的人。”

她从裙袋里掏出一把大钥匙，把钥匙插入门上的大挂锁，并转动这把钥匙，于是这把锁头像紧握的拳头弹开了，然后她将那把锁从门上拿下来，挂在门扣上。

突然，她大喊道“爹地!”，随后她转身，沿着大厅一路飞奔到了那桩象脚伞桶的面前。

三宫六院

霍克林之妖在实验室为自己找了一个绝妙的隐蔽之地，现在它正等着格里尔、卡梅伦和霍克林小姐们走入它的领地。

霍克林之妖对他们的结局非常确信，以至于当它听见其中一个霍克林姐妹沿大厅一路尖叫着逃离实验室大门，而其他人也都跟着她走掉时，它也觉得不足为怪。

他们不过就是在上面再待一下，有什么大不了，之后还不是会从那段楼梯下来，到那时，霍克林之妖自然会跟他们好好玩玩的。然后它会把他们全都变成影子，那时妖怪就会有五个影子跟着它，而不是只有现在这唯一一片无能的浊影。

也许，这四个新的影子能够更默契地扮好霍克林之妖为他们所设计的角色。是啊，妖怪心想，在影子后宫里添点儿权限也不是不可忍受。

霍克林之妖就藏身于一些装满化学试剂的玻璃管后面，这些化学试剂是教授尝试了几个月后抛弃的失败品——它们无法把化学质从邪恶中萃取出来。

浊影则让自己躲在桌上的一个时钟背后，就在试管旁边。一旦实验室里有光，它那无能的隐蔽技术就会在顷刻间垮掉。

浊影就是做不好任何事情。

“你很快就会有一些小伙伴了。”霍克林之妖对浊影说。

浊影根本不知道这妖怪究竟他妈的在说什么。

父女团圆

霍克林小姐跪在地上，伸出双臂搂住象脚伞桶，无法自抑地抽泣起来，她一遍又一遍地絮叨着：“爹地！爹地！”

另一名霍克林小姐站在那里，低头看着她的姐姐，想知道究竟发生了什么。

格里尔和卡梅伦正忙着四处寻找霍克林之妖。难道他们之前搜的时候错过它了吗？还是在他们来大厅的时候，悄咪咪从后面跟过来了？他们到处都搜了一遍，但无论哪里都找不到这个妖怪。

然后，另一个霍克林小姐弯下腰，使劲地看着象脚伞桶。

突然间，一阵绝顶的爆裂情感从她的面孔闪

过，她跪倒在她姐姐旁边，说：“喔，父亲！这是我们的父亲！爹地！”

霍克林姐妹原来并不像他们想的那样没感情。

格里尔和卡梅伦站在那儿，看着霍克林姐妹花抱着一个象脚伞桶叫爹地。

婚事

格里尔和卡梅伦离开了和象脚伞桶黏在一块儿的霍克林女儿们，沿着大厅下到了实验室门口。现在是时候对霍克林之妖做点什么了。格里尔和卡梅伦已经受够了它的滑稽动作。

格里尔现在掌着那盏灯。

卡梅伦手持一杯威士忌。

格里尔仍然没有注意到拿着杯威士忌的卡梅伦到底有何不同。他的脑子当真在别的地方，否则在任何其他情况下，他都肯定会注意到这杯威士忌的。这是他第一次忽略这种事情。也许是时候开始考虑退休的事情了，把枪挂回去，找个好女人安定下来。

嗯，多半是个好主意。兴许就是其中一个霍克林女儿。他当然不知道，实际上霍克林之妖也早就为他们安排了一场集体婚礼，所以其实无所谓的。

梦中怪邸

是格里尔先下去的。他掀开了实验室的门，手灯发出的光线照亮了楼梯和实验室的一部分。这是个非常复杂的地方。格里尔从没见过这样的地方。形形色色的桌子上铺满了成千上万的瓶子。而那些机器只有出现在梦里才毫不违和。

“继续，格里尔。我们接着向下转转看。”卡梅伦说。

“OK。”

霍克林之妖监视着他们。光妖被他们的无助给逗乐了。女人们没和他们在一起，不过解决完这头两个以后，光妖会接着好好料理她们的。分给每个人的时间都足足的。

光妖对它即将表演的恐怖非常兴奋，以至于它没有留神浊影悄然产生的陌生感。

浊影一直看着格里尔和卡梅伦，他们从楼梯下来，然后点亮了三或四盏灯，为了看得更清楚，随后浊影便把注意力投向了霍克林之妖，就这么盯着它的时候，某种奇怪的感觉开天辟地般地涌现在了浊影的心田，于是它继续盯着霍克林之妖，并且越来越使劲地盯着它。

一个独特的想法此刻出现在了浊影的脑海中，这个想法现在和一个直接的行动计划链接在了一起，当妖怪的下一个动作出现时，计划便会一触即发。

“这地方真是个怪胎。”格里尔说。

“并没有比夏威夷更怪胎。”卡梅伦说。

斗法

与格里尔下楼梯的时候，卡梅伦发觉了霍克林妖怪的存身处。他在工作台的一些滑稽瓶子后面瞥见了离奇的火花。他不知道什么是试管。

“你去把那边的灯给点亮呗?”他说，示意格里尔走到实验室里较远的一张工作台那边。

霍克林之妖瞧着他们，被逗乐了。这妖怪从中汲取了太多的乐趣以至于它决定等个几分钟再把格里尔和卡梅伦变成影子。

对妖怪来说这确实蛮好笑的。

与此同时，它的现任，也就是唯一那只浊影，正等待着妖怪挪步，以便将自己的计划付诸行动。

卡梅伦还在某张桌子上发现了一个巨大的水

晶铅罐，正好与他打发格里尔点灯的方向相反。

从霍克林女儿给他的描述中，他知道这就是霍克林之妖的来源……化学质。他站在距离罐子约十英尺远的地方。妖怪则“躲”在离罐子大约五英尺的方位。

突然间卡梅伦大呼小叫起来：“它就在那儿！我看见了！”

格里尔转向卡梅伦喊叫和指着的地方。他不明白发生了什么。为什么卡梅伦在喊。这太不像卡梅伦了，但尽管如此他还是转到了那个方向。

霍克林之妖也很疑惑。这他妈的在搞什么？如果它在这里，那么那里是什么？

所以妖怪动了……身不由己……出于好奇。

卡梅伦正处于临时的假兴奋中，他走到桌前，那里放着一个“化学质”标签的罐子，他就站在罐子旁边。

就在霍克林之妖为了搞清楚状况而移动的时候，浊影排查了光妖所有的可能性，终于让它想到了孤注一掷的办法，这个办法能使它舞到光妖的前面，所以在这个关键时刻，光妖会被黑暗遮蔽几秒，乱了套的局面肯定会让光妖大难临头。

这就是浊影能做的，也是它所盼望的。这将为格里尔和卡梅伦带来略胜一筹的契机，正是他们使用无论什么方略来摧毁霍克林之妖时所需要的那个契机，他们似乎必须得有个方略，才有哪怕分毫的可能去制服这妖怪，而他们看上去并不像傻瓜。

卡梅伦朝着格里尔放声大叫时，浊影对此解读为是时候行动了，而它确实这么做了。它把霍克林之妖的视线淤糊了几秒，它很清楚，如果妖怪被摧毁那么它也会被摧毁，不过就算是死，也比这种生活——作为恶的一部分来活——要来得好过。

霍克林之妖肆虐着，试图把浊影给弄开，以便能够看到究竟发生了什么。

但浊影和光妖激烈地搏斗着。浊影爆发出一股难以置信的物质化的狂怒——影子们对于它们自身的力量总是一无所知。

霍克林妖怪之死

卡梅伦把那杯威士忌倒进了化学质的罐子里。当威士忌击中化学质时，它们变蓝了，开始冒泡，火花从罐体之中飞释而出。这些火花就像火的小鸟，飞着点燃了它们碰到的一切东西。

“我们得离开这儿了！”卡梅伦向格里尔大吼。他们俩都逃上了实验室的楼梯，并飞奔到了房子的一楼。

霍克林之妖对于威士忌被倒进罐子——里头是他的能量来源——的反应取决于它还有没有一定的时间来诅咒自己的命运。

“我肏！”

那妖怪嚷嚷了一声。这是个经典咒骂，在它碎裂成一把蓝色钻石之前刚好来得及被啐出来，蓝钻石没有了以前存在的记忆。

除了钻石以外，霍克林之妖什么也不剩了。它们闪耀着夏日天穹般的景象。而妖怪的浊影此刻已变作了钻石的丽影。它也不记得从前之存在了，所以此刻它的灵魂业已安息，它幻化成了美丽事物的魅影。

霍克林教授回家

格里尔和卡梅伦冲出烧起来的实验室，沿着大厅向霍克林姐妹走去。就在这时，象脚伞桶变成了霍克林教授——他被霍克林妖怪的咒语所囚，就在前后脚的工夫，妖怪才刚刚消失，现在只有珠宝店橱窗才能让它叶落归根了。

作为一只伞桶的霍克林教授僵硬而暴躁地撑了好几个月。他对亲爱的女儿们没能像他应当的那样和蔼，因为，面对她们的温声细语“爹地，爹地，是你。你自由了。父亲。喔，爹地”，他嘴里所冒出的第一个作为回应的词儿是：“肏，完了！”

在格里尔和卡梅伦把他和他的两个女儿赶出

燃烧的房子之前，他没有时间说别的话。

拉撒路[1]动态

逃离房子时，他们径直跑到了霜冻之外，霜冻圈着燃烧的房子，像一枚透明的婚戒。

他们本来全神贯注地审视着火光，可没过一会儿，附近的地面突然开始隆隆作响，像一场小地震似的崩移开来。

这声音是从男管家的坟墓里捅出来的。

“什么鬼！”格里尔骂道。

随后土地龟裂，管家蹦了出来，像一颗盖满

---

① 拉撒路（Lazarus），《圣经·约翰福音》中的人物，拉撒路不治身亡后，耶稣断言他的复活并使其四日后成功从山洞走出，从而证明了耶稣的神迹。

了土的大黑痣，很多手提箱的小碎片散落在他周围。

“我……在……哪儿?”他深邃而古老的声音在沉沉作响。

他试图抖掉胳膊和肩膀上的泥土。他很困惑。他之前从没被人下过葬。

“你刚才死而复生了。”卡梅伦说，就在他转身去看烧着的房子的时候。

一场二十世纪早期的野餐

他们在那里站了很长一段时间，眼睁睁看着房子被烧毁。火焰呼啸而上，直搡云霄。它们是如此明亮，以至于每个人都有了影子。

教授已经恢复了正常的性情，手臂亲昵地搂着他的女儿们，看着这栋房子向他辞去。

“你可真是掺了不少玩意儿啊，教授。”卡梅伦说。

“再不会了。”教授如此应道。

他已经被介绍给了格里尔和卡梅伦，而他喜欢他们，并非常感激他们能把他从化学质也就是霍克林之妖的咒语中解救出来。

最后，他们只是坐在地上，整夜看着浴火的

房子。这能为他们保温。霍克林姐妹不再被她们父亲的爱臂拥着，而是钻进了格里尔和卡梅伦的胳膊。教授独自坐着，沉思他多年以来实验的结果，以及一切是如何走到了今天这个地步。

他有时会摇摇头，但他也很高兴自己不再是一个象脚伞桶了。那是他一生中最糟糕的体验。

管家依然坐在那里，目瞪口呆地掸着自己衣服上的灰尘。他的头发里还有一块手提箱碎片。

大家坐在那里的样子就如同一幅野餐图。而这顿野餐当然就是浴火的房子，霍克林妖怪的死，以及科学梦的幻灭。这几乎都不像是二十世纪了。

霍克林之钻

晨曦下，房子消失了，取而代之的是一片漂着余烬的小湖。每个人都从地上起身，走到这片初生小湖的岸边。

从前的生活残渣东一块西一块地泛在湖面上，在霍克林一家面前一览无余。霍克林教授看到了某把伞的一部分，于是他开始瑟瑟发抖。

其中一个霍克林女儿注意到是什么惊扰了她的父亲，便伸手握住了他的手。“瞧，苏珊。”她指着一张泊在水面的相片，对她的姐妹说。

格里尔和卡梅伦面面相觑。

苏珊！

“嗯，简。”她回应道。

简！

霍克林的女儿们有名字，该死的天才妖怪，他的另一个恶作剧被驱散了。

房子的其中某些部分还在湖畔冒烟。看着很诡异。如果希罗尼穆斯·博斯[1]喜欢西方风景的话，这就是出自他手的那种东西。

“我很好奇，”卡梅伦说，“我要潜入地下室，然后看看那只狗日的妖怪是不是还有什么剩儿。”

他把衣服剥得只剩下一条短裤，一头扎进了几小时以前还是一座房子的地方。他是个游泳健将，很轻松地就泅进了地下室，然后开始搜寻妖怪。他记得威士忌被倒进化学质之前怪物藏在什么地方。

他游到那里，发现了一捧摊在地上的蓝钻。妖怪杳无踪影。钻石分外妖娆。他把它们都拢在一起，向上游出了实验室，来到了曾是一座前廊

---

① 希罗尼穆斯·博斯（Hieronymus Bosch，1450—1516），荷兰画家。以荒唐怪异的象征主义画作闻名。

的湖岸。

“看！”他扒上浅滩，说。每个人都聚在他旁边，对钻石啧啧赞叹。卡梅伦握着这些钻石的方式使它们产生了暗影。钻石的暗影也很漂亮。

“我们富了。”卡梅伦说。

“我们早就富了。”霍克林教授说。霍克林家族本身就是一个非常阔绰的家族。

“噢。”卡梅伦说。

“你的意思是，你富了。”苏珊·霍克林说，不过你仍然看不出她和她妹妹简之间的区别。所以实际上，霍克林之妖的窃名诅咒也真的没有产生太大问题。

“那个妖怪怎么样了?”霍克林教授说。

“不，它已经荡然无存了。当我把那杯威士忌倒进化学质的时候，就已经是这样了。”

“嗯，它把我的房子烧掉了。”霍克林教授说，突然想起他已经没有房子了。他喜欢那座房子。它配备了他所拥有过的最好的实验室，而且他认为那些冰窟是很好的谈资。

他的声音听起来有点苦涩。

“难不成你想再接着当一个象脚桶吗?”格里尔搂着其中一个霍克林女儿，说。

“不。”教授回答。

“我们现在怎么办?”苏珊·霍克林说，她打量着曾是他们房子的那片湖泊。

卡梅伦数着他手中的钻石，一共三十五颗，它们就是霍克林之妖剩下的全部。

“我们会想点儿事情做的。”卡梅伦说。

霍克林湖

不知怎么的，房子的烧毁让冰窟化进了它最深的洼处，于是房子的原址现在变为了永久性的淡水湖。

1907 年，当地的牧场主威廉·兰福德从霍克林教授手中买下了这处房产。自打霍克林教授结束西方的奇怪旅居之后他就一直住在东部。

这位教授已经放弃了化学，正将余生致力于集邮。

威廉·兰福德用这片湖进行灌溉，他在周围有个不错的农场，种的大部分是土豆。

霍克林教授很高兴他售出了这处财产，尽管折到了半价，不过这对他而言没什么分别，因为他实在太高兴能把这儿脱手了。这里对他而言萦绕着太多可怕的象脚伞桶记忆。

他再也没有去西部。

而其他人怎么样了呢?

嗯，事情是这样的:

格里尔和简·霍克林搬到了蒙大拿州的巴特，他们在那里开了家妓院。他们结了婚，不过在1906年离掉了。简·霍克林最终拥有了这家妓院并持续经营到了1911年，直到她死于一场车祸。

这场车祸只是很勉强地杀死了她所以她死得很俏。所有参加葬礼的人都感到宾至如归。

1927年，格里尔因汽车盗窃罪被捕，并在怀俄明州监狱待了四年，在那里他对蔷薇十字团①的信仰方式发生了兴趣。

卡梅伦和苏珊·霍克林本打算结婚，但他们

① 蔷薇十字团（Rosicrucianism），十七世纪早期出现，由学者和改革家组成的神秘社群，据说拥有许多玄奥知识，包括神秘学与炼金术等。

就卡梅伦一直数数的事情发生了激烈的争执，于是苏珊·霍克林愤而离开了俄勒冈州的波特兰，去了法国巴黎，在那里她嫁给了一位俄罗斯伯爵并搬到了莫斯科。她在 1917 年 10 月的俄国革命中被流弹给杀死了。

那么作为前霍克林之妖的那些钻石呢?

它们用了很长时间。四散在世界各地。丢了。

那么霍克林之妖的浊影呢?

幸运地丧失了旧时记忆，与钻石形影不离。

至于卡梅伦，最终他在一战前的经济繁荣时期成为了加利福尼亚州好莱坞一名成功的电影制片人。而他究竟如何成为了一名电影制片人，这就是个漫长而复杂的故事了，我们留待下回再说。

1928 年，威廉·兰福德的继承人将霍克林湖及其周围的产业出售给了俄勒冈州政府，于是它变作一个公园，不过这个公园位于俄勒冈州某处冷僻的偏远地，周围全是糟糕的道路，这片湖从未发展成一处蒸蒸日上的娱乐景点，也从未有过很多游客前来寻访。

图书在版编目(CIP)数据

霍克林之妖：一部哥特式西部片 / (美) 理查德·布劳提根著；唐珺译. -- 北京：北京联合出版公司，2025. 4. -- ISBN 978-7-5596-7671-9

Ⅰ. I712.45

中国国家版本馆 CIP 数据核字第 2024S2Z742 号

北京市版权局著作权合同登记　图字:01-2024-3441

霍克林之妖：一部哥特式西部片

作　　者：[美] 理查德·布劳提根
译　　者：唐　珺
出 品 人：赵红仕
出版统筹：杨全强　杨芳州
责任编辑：徐　鹏
策划编辑：玛　婴
装帧设计：汐和 at compus studio

北京联合出版公司出版
(北京市西城区德外大街 83 号楼 9 层　100088)
北京联合天畅文化传播公司发行
北京启航东方印刷有限公司印刷　新华书店经销
字数 80 千字　889 毫米×1194 毫米　1/32　7.875 印张　插页 2
2025 年 4 月第 1 版　2025 年 4 月第 1 次印刷
ISBN 978-7-5596-7671-9
定价:48.00 元